尋找回家的路

漢字國歷險記

周旭東著

目次

飛鴿傳人

透過窗戶，陽光斜射到桌面上，那是最適合眼睛的亮度了，剛好能清晰的讀出試卷上的每個字。桌上有一隻手和一支筆，它們卻並沒有以最常規的方式合作著，筆桿的中心停留在食指的第一個關節上，大拇指用同樣的頻率撥弄著筆頭，在桌面上投影出一個橢圓形的陰影。

那隻手的主人叫做陶雷，是陶瓷的「陶」，不是淘氣的「淘」，所以陶雷不是很淘氣；電閃雷鳴的「雷」，打雷並不是每天都有，但是打一次就會讓所有人知道。陶雷就是這樣的一個孩子，平時看起來普普通通，但是偶爾也會做出讓大家眼前一亮的事情。

陶雷今年十一歲，確切的說還有兩個星期就十二歲了，但是他並不

願意接受即將成為中學生的事實。他最討厭的就是學習，一邊轉著手裡的筆，還一邊在想：「真是不明白為什麼老師要教這麼多沒用的東西，直角三角形的邊長該怎麼算？消化系統是如何工作的？美麗和絢麗的區別是什麼？組成所有顏色的三原色是什麼？這和我有什麼關係啊！」

如果可以選的話，學習一定是陶雷最後一件要做的事情，哪怕是做其他的什麼事情都好，即使是靜靜地發呆。聽老師和爸爸媽媽說，到了中學，要學習更多更難的東西，每天還會有更多的作業！每次週六去公園玩，路過附近中學的時候，總覺得那學校大門就像一張合上的血盆大口，一到週一就要張開嘴咬人，而裡面的教學大樓即便是陽光明媚也顯得陰森恐怖，彷彿有去無回的閻王殿。

陶雷打了個哈欠，放下手中的筆，抬起了頭：一隊鴿子帶著翅膀劃破天空的哨聲在視野中盤旋，忽然下面一位老人搖了一下鈴鐺，又往地上撒了一把玉米粒，鴿子們急轉直下，撲向了食物。旁邊一個看起來四五歲的孩子看得直拍手，陶雷嫉妒又羨慕地看著小朋友，心中喃喃道：幸福的幼稚園小朋友，沒有考試壓力，要不是明天期末考試，我也出去玩了。

一想到期末考試，陶雷收回了視線，開始做他的模擬練習題。好不容易搞定了所有的選擇題，又看到更難的填空題。這時，頭上和臉上微微有點發熱，「一定是太陽曬的！要是今天被曬壞了明天就不能好好考試了！不行不行」。想到這兒陶雷趕緊站起來，把椅子往後拖兩米，再把桌子也挪過來，徹底離開了太陽的射程之內。

可是剛坐下就發現又不行了，沒了陽光眼前灰濛濛的，看不清試卷上的字。哎，沒辦法，只好再次站起來，拉上窗簾，轉身去開燈。陶雷轉身的時候並沒有注意到一隻鴿子停在了他的窗臺上，在他背對的瞬間悄然鑽進了屋裡，一展翅便飛到上方的電扇上，鳥瞰著他的背影。

有了燈光，這下就看清楚了。不過第一題就有問題，「眺」字的拼音是什麼？

「這個……」好像念「桃」，也好像念「跳」，還是要查查字典。

陶雷拿著鉛筆就跑去了書架。

「目」字旁，六畫，四〇二頁，念……ㄊㄧㄠˋ！陶雷抱著字典就衝回了書桌，剛坐定就又傻了，字典被拿了回來，鉛筆卻被落在了書架上！

「哎呦」，這個不能怪我，總不能拿手寫字吧？字典在桌子上放好了，陶雷晃晃悠悠地走到書架旁，用上嘴唇和鼻子夾住鉛筆，小心翼翼地走回書桌，就在屁股接觸椅子的那一瞬間，輕微的震動讓鉛筆直接墜落到了桌面上，「啪」的一聲脆響，鉛筆芯斷了。

「哦，我可憐的鉛筆。」陶雷一邊自言自語一邊去客廳拿他最喜歡的大號恐龍削筆刀，刀口處刻著一隻暴龍，龍耳朵控制著龍嘴的開合。陶雷熟練地撥弄著龍耳朵，讓龍嘴一張一合，好像在咀嚼著食物，鉛筆就這樣一下下地被狂咬著。

看著陶雷遲遲不能開始動筆，上方地鴿子搖搖頭，閉上雙眼，卻睜開了額頭的第三隻眼，又凝視了一陣子，竟然說出了人類的語言：「老頭兒果然說的沒錯。」

陶雷嚇了一大跳，循著聲音猛抬頭觀瞧：「是誰?!」，鴿子被看到了也沒有逃跑，反而睜開了雙眼，就這樣五隻眼互相對望著。

陶雷拼命地瞪大眼睛也不敢相信眼前的事實，兩條腿的活人滿大街跑，三隻眼的鴿子可是頭一次見！他既興奮又有點害怕，也不知道該說什麼該做什麼，只是僵在那裡半天沒有動靜。這時，鴿子又開口了：「你不認識我，但我知道你是誰，不要害怕，讓我帶你去一個地方。」說完也沒有徵求陶雷的同意，一展翅就飛到了陶雷的背後，兩隻鳥爪叨住他的雙肩，再次長身衝向了窗戶。說來也怪，鴿子只有一個成年人腦袋大小，卻特別有勁，帶著快十二歲的大男孩絲毫不費力氣。

霎時間就穿過了窗簾來到空中，刺眼的陽光和雙腳離地後的失控感讓陶雷非常難受，他張大嘴巴喊不出任何聲音，一顆心死命的亂跳，要不是舌頭擋著就要蹦出來了，只能沒有節奏的揮舞著四肢，似乎這樣可以舒服一些。三眼鴿沒有理會他，只是直線上升，很快便飛進了雲裡。在雲中，眼前一片白茫，什麼也看不到，反而陶雷平靜了下來，手腳停

止舞動，心也回到了原來的位置。呼吸能夠均勻後，腦子裡突然想起一連串問題：牠到底要帶我去哪呢？我現在是在平流層還是對流層？太陽是在哪邊？現在是下午，知道太陽在哪就能判斷方向了。自然課好像……還是有點用的。

也不知過了多久，三眼鴿不再勻速的飛行了，而是瞬間移動到某個位置，忽上忽下忽左忽右，大概跳了十幾次，開始降落。

雲朵不斷地衝入鼻孔當中，很涼，很甜，當真和棉花糖的味道有點像。很快便離開了雲層，但是陶雷的眼睛還沒有適應光線，只是隱隱約約地看到下面的地面。地面越來越近，心臟也就越跳越快。三眼鴿在離地只有半米的時候逐漸減速，又滑行了一陣，兩爪一鬆，將他丟落到草地上。

陶雷躺在草地中大口大口地喘著氣，直到呼吸平穩了，一骨碌身坐起來，眺望遠方（他也沒想到，這麼快就用上了剛會念的字），只見太

陽西斜，馬上要藏入卷卷雲堆，餘暉灑在麥田上泛著金光，連綿起伏地麥浪望不到盡頭。

正當他納悶之時，「歡迎來到不敗之地。」一個聲音從腦後傳了過來。

不敗之地

陶雷循著聲音轉身觀望，不禁往後退了一步，兩條眉毛中間擠出一個一字，臉上露出特別不舒服的神情。

那是一個比陶雷高出兩個頭的傢伙，看起來十七八歲的樣子，但是下垂的嘴角和八字眉半垂眼讓他看起來沒有絲毫年輕人的生氣。更可怕的是他的皮膚呈不均勻的淡綠色，總是在以一種緩慢地速度往下蠕動，就像是做陶瓷拉坯時黏稠的的泥漿，如果說他像是一個大號的人形史萊姆也一點都不過分。

「你好，這裡是不敗之地，我是在這裡土生土長的一位英雄，有什麼可以幫到你？」他說話的語速不快，能聽出裡面帶著一絲驕傲。邊說著，把手伸出來，友好地要和陶雷握手。陶雷遲疑了一下，也伸出右手，兩手相握的時候感覺英雄的手真的像泥漿一般被捏變了形，陶雷趕緊鬆開手，結果發現分開之後，英雄的手又變回了原型。他偷偷查看自己的手，生怕有什麼不乾淨的東西殘留在手上，結果卻是如之前一樣的乾淨。

「英雄？你是個英雄？」為什麼你看起來一點都不像英雄，說是被英雄打敗的怪物還差不多。陶雷忍住嘴，沒有把心裡的下半句給說出來。

「這裡叫什麼？不敗之地？為什麼啊？」這個名字倒是聽起來挺酷的，感覺這怎麼那麼像是武俠故事啊，來到了不敗之地，還有一位英雄來接待我，莫非我要在這裡學習神功成為俠客了嗎？這可真有趣！想到這裡，哪位英雄看起來也沒有剛才看著那麼噁心了。

「你的問題還真多。我當然是英雄了，在不敗之地生活的人都是英雄。」他頓了頓，微微思考了一下，把眉毛眼睛嘴巴都擺到和地平線平行的位置，又接著說：

「這裡之所以叫不敗之地是因為在過去的幾千年裡，英雄們從來沒有在決鬥中輸過，從來沒有在救公主的路上掉進過陷阱，從來沒有在和惡龍的較量中敗北，從來沒有被妖怪碰到一根毫毛，從來沒有做失敗過任何事情！」

「天啊！這麼厲害！英雄，收我做徒弟吧！」陶雷聽得心潮澎湃，哪一個小孩子不渴望成為頂天立地的大英雄呢？

「這個……」英雄擤了一下鼻涕，如果不是這樣做，他的鼻子好像也要隨著掉下來。「就答應你吧，從明天開始。」

「感謝那隻三眼鴿，帶我來到一個這麼有趣的地方。」這是陶雷心裡第一次給三眼鴿正面評價，不知道是不是最後一次？

「太棒了，明天我要學習什麼呢？」

「嗯……明天我做什麼你也跟著做什麼，要做的事情可多可多了，我們要：把所有的鉛筆削尖，把每一塊橡皮上黑色的污漬弄乾淨，把書都包上書皮，把倉鼠的籠子收拾整齊，換上新的木屑，把魚的糞便從魚

缸裡一粒一粒的撈出來，去觀察麥子一小時能長多高，去計算白雲一秒鐘能飛多遠，去測量一斤的秤砣到底是不是一斤，去模仿三種鳥的叫聲，去樹林裡找到最直的一根樹枝來當做練習用的寶劍。哦，我的天啊，那麼多事情要做，明天會是超級繁忙的一天。」

陶雷疑惑地望著英雄的臉：「這都是些什麼啊？只是一些雞毛蒜皮的小事啊，應該說是一點都不重要的事情，做這些對我成為大英雄沒有任何幫助！」

英雄的眼角瞬間沉下來了，哼了一口氣，帶著一幅小子你真不識貨的口氣，用〈瑪麗有隻小綿羊〉的旋律唱了起來：

你說這些不重要，不重要，不重要？
你說這些不重要？怎能不重要。
雞毛蒜皮不重要，不重要，不重要？
雞毛蒜皮不重要，什麼才重要。

在英雄搖頭晃腦唱歌的時候，陶雷忽然發現他的上方出現了一個奇異的黑點，黑點越來越大，逐漸擋住了英雄身上所有的陽光，英雄也發現陶雷的眼睛開始盯著自己後方，唱完第二段就停了下來。從陶雷的眼睛裡看到了那個離自己越來越近的黑色不明物體，在馬上要接觸的前一秒，英雄一側身，剛好躲了過去。

不幸的是陶雷來不及反應了，在英雄挪開視野的一秒鐘裡他看到了黑點在最後的一刻分成了兩個部分，在上方的一小塊東西改變了方向，向更高的地方飛去，而下方的一大塊東西直直的衝著自己撲了過來。

真的來不及了。只聽「咣！」的一聲，一個結結實實地碰撞讓陶雷仰面朝天，向後退了七八步之後臥倒在麥穗的懷抱當中。仰頭的角度讓他看清了黑點分開後還在天上的上半部分：那是一隻鴿子，三隻眼睛的那種。

這是幾分鐘裡，他第二次被動倒在地上，而且強有力的撞擊讓陶雷胸口劇痛。今天發生的怪事真是太多了，先是被會說話的鴿子帶到「不敗之地」，又遇到個莫名其妙的英雄，再被一個不明飛行物打中，簡直比我這輩子遇到的怪事還多還怪，索性不站起來了，不然誰知道一會兒還會發生什麼。

陶雷在地上閉上了眼睛，耳朵可沒有關上，過了一會，先是草地被摩擦的聲音，然後同樣的歡迎詞響起：

「歡迎來到不敗之地。」

「你好，這裡是不敗之地，我是在這裡土生土長的一位英雄，有什麼可以幫到你？」

「哇……哇……哇……」傳來的回答竟是女孩子的哭聲。

撞擊帶來的疼痛已經開始減輕了，好奇心驅使著陶雷揉了揉胸口爬了起來，只見前方帶著一臉無辜相的英雄不知所措地看著一個穿著紅衣服的小女孩，女孩子比自己矮半個頭，兩手忙著擦眼淚，看不清楚五官。

兩個人站在旁邊面面相覷了一會兒，誰也沒有開口說話。漸漸地，大哭變成了抽泣，女孩子在抹眼淚的間隔開始偷偷打量兩個陌生人。

率先打破沉默的是陶雷，他小心翼翼地問：「你叫什麼名字？你怎麼了？」

「伊斯麥曼過維，寇麥！」

在她說話的時候陶雷才看清她的臉，高高地鼻樑，深邃的眼窩，兩條新月般的彎眉，不像是臺灣人的模樣，而且她說的話一點兒都聽不懂。

「你會說漢語嗎？」

女孩子眨眨眼，冷靜了一下，開始說：「我會說一電電，我的中文名字叫高慧，我今年十一歲，我是波斯人，我坐飛機去臺灣參加一個漢語學習的夏令營，結果飛機在天上出事了，刮了好大好大的龍捲分，我坐在安全門的旁邊，門被吹開了，我就飛出去了，然後就一直往下落，突然有東西抓住了我的肩膀，帶著一路下來，然後就碰到你們了。這裡到底是什麼地方啊？我從來沒有聽說過不敗之地，你們又是誰？」

她的漢語講的有些怪腔怪調，有幾個音還沒有說準，但是陶雷和英雄都明白是怎麼回事了。

「抓住你肩膀的是一隻鴿子，我也是這樣來到這裡的，比你早了十分鐘而已，我叫陶雷，我是臺灣人，我不知道為什麼我會來到這裡。這裡叫做不敗之地是因為……」他把頭轉向了英雄。

「這裡之所以叫不敗之地是因為在過去的幾千年裡，英雄們從來沒有在決鬥中輸過，從來沒有在救公主的路上掉進過陷阱，從來沒有在和惡龍的較量中敗北，從來沒有被妖怪碰到一根毫毛，從來沒有做失敗過任何事情！」

英雄又恢復了得意地神情。

「聽起來好厲害呀！」高慧睜大了眼睛，剛才的恐懼和悲傷被一掃而光。「那我也可以當一個英雄嗎？一個女英雄，哈哈。」

「當然可以了，你是我今天收的第二個徒弟，陶……你叫陶什麼來著？」

「陶雷。」

「對，陶雷就是你的大師兄了，從明天開始，你們兩個跟著我一起做事情。」

「太棒了！莫西耶！」高慧激動地又說起了波斯語。

「明天我們要做什麼？」

英雄把剛才和陶雷說的工作又給高慧重複了一遍，陶雷看著高慧，期待著她有什麼反應。

「有沒有搞錯啊！這哪裡是做英雄，這都是在浪費時間啊，這些事情一點都不重要！做這些事情怎麼能夠成為英雄呢？你騙人！」

陶雷給了高慧一個肯定的眼神，「英雄所見略同」他小聲的嘀咕了一句，然後等著英雄的回答。

「誰說這些不重要！」英雄臉上轉成了黃色。

「綠色加紅色好像是等於黃色，他是有點生氣了」陶雷想。

「天天做這些事情，你就沒有時間去讀書，沒有時間去做數學，沒有時間去鍛鍊身體，沒有時間去學習魔法。那麼你就不能去和別人決

鬥，不能去挑戰惡魔，不能去斬殺惡龍，不能去營救公主。不去的話你就永遠都不會輸了，永遠不輸的就是不敗之人，也就是大英雄，幾千年來我們不敗之地的每一個人都是這麼做的。你說這些事情重不重要？」

陶雷脫口而出：「這算哪門子英雄啊！你從來都沒有去嘗試過，當然不會失敗了，這裡根本就不是什麼不敗之地，這分明就是……」

「磨蹭之地！」兩個人異口同聲。

「你們也不是英雄，就是一群磨蹭蟲！」高慧不解氣的補充道。

英雄的臉變得更黃了，如果他的皮膚本來是肉色的，那現在一定是氣得滿面通紅。

「胡說八道！一派胡言！」

「你們這是赤裸裸地誹謗和誣蔑，我不允許你們這樣侮辱盛產英雄的不敗之地！」說著，他瞪圓了眼睛，擺出一副要把他們撕碎的架勢。

「你是個大騙子，你說謊！」高慧絲毫沒有被嚇倒，一個可憐的磨蹭蟲有什麼好怕的？

「他沒有說謊。」陶雷平靜的說了一句，這讓高慧很意外，為什麼沒有和自己站在同一條戰線上。

「整天做那些沒有意義的事情怎麼會失敗呢，這裡的人確實沒有失敗過，這是一句真話。但是沒有失敗過並不代表他們就都是英雄，他們只是碌碌無為的磨蹭蟲，不敗之地和英雄這麼好聽的名字是自欺欺人。」

英雄的面色由黃漸漸轉回了淡綠色，特別特別淡的那種，如果是正常人，那應該是煞白吧。

「哼，你們兩個小東西懂什麼，幾千年來，英雄從來沒有體會過垂頭喪氣和萎靡不振，失敗者的感受我們從來都只是聽說。」

「那也沒有品嘗過打敗惡魔，擁抱公主的勝利喜悅。磨蹭蟲就是磨蹭蟲！」陶雷反唇相譏。

「在我的國家，有這樣一句話，用中文說應該叫做：很多人寧可否認真相，也不願意去面對事實。」

「無藥可救！無可救藥！你們，你們太愚蠢了！見識不到這裡的偉大是你們這輩子最大的遺憾！對了，你們兩個，不可以做我的徒弟了，從現在開始你們被掃地出門了，以後見到任何人都不許說我是你們的師傅。還有，明天的學習活動全部取消，我不想再見到你們了！」

「我可不想變成你這樣的磨蹭蟲。」

「我也是。」說完高慧還吐了吐舌頭做了個鬼臉。

英雄沒有再說話，一轉頭就走開了，每一步都重重地踏在地上，發出「砰砰」的聲音。斜陽已經全部隱匿在雲蔚之中，一道蕭索淒淒的凜風讓路邊的雜草都垂了頭，殘淡的餘暉打在英雄身上投出詭異的身影，看起來更像是正在蠕動的史萊姆。

「很高興見到你，你剛才很勇敢。」陶雷先開了口。

「我也很高興見到你，你……你很聽命。」有些詞彙高慧還不能說的很準。

「你要去哪呢？我從來沒有來過這裡，我也不認識路，明天就要期末考試了，我想趕緊回家。」

「是飛機出了事我才掉在這裡的，也不知道飛機上的其他人怎麼樣了。」說到這，高慧的眼圈開始泛紅，「我也不知道這是哪裡，要麼回波斯，要麼去臺灣，反正不要留在這裡。」

「雖然不知道去波斯和臺灣的路是往哪邊，我們先一起走吧，相信我們能成為好朋友。」

「嗯，我一個人也會害怕的。」

「那我們現在應該找個人來問問路。」

方圓幾百米的地方就只有那麼一個看起來不夠友好的背影，兩個人瞅了瞅英雄又互相對望了一眼，一撇嘴，硬著頭皮追了上去。

「英雄先生。」陶雷懂得在求人的時候嘴巴要甜一點。

「你們想通了？我就說嘛，沒有人會不欣賞不敗之地的英雄，是不是要繼續拜師？好了，不用道歉了，看在你們年紀小的份上我原諒你們了，從明天開始和我做事。」英雄連珠炮一樣的沒停嘴。

「不是的……不好意思，請問下臺灣和波斯在哪邊啊？有沒有可以直達的飛機、火車、輪船？」

「臺灣？波斯？我都沒有聽說過。」

「那附近有沒有其他人可以讓我們問問？」

「英雄們從出生到死亡都不會離開不敗之地，我不知道的，其他英雄也不會知道。」

「那你可以幫助我們嗎？我要回家。」高慧的眼圈又紅了。

「幫助！你在說幫助！那你可是找對人了。」

「你能送幫我們回家嗎？如果你能把我們送回家那你就是個大好人，不對，是大英雄，我承認你是心地善良樂於助人的大英雄。」高慧都不知道該怎麼恭維他了。

「不能。但是我知道誰願意幫助你們。」英雄揚手向東方一指，繼續說：「往東走兩公里就是幫助國，幫助國的人最喜歡幫助別人了，你們去那邊準沒錯。」

「謝謝！」

自此分道揚鑣，一個向北，兩個向東。

走出約有五十步，英雄的身影小的像是風中一片微微抖瑟的樹葉，忽的又被吹翻了面，衝著陶雷他們喊道：「如果你們真的不認為我是個英雄，那就自己去挑戰惡魔，拯救公主，讓我看看英雄應該是個什麼樣子！」

「什麼樣子！」

「樣子！」

「子！」

回聲響徹了整片麥田，久久不息，卻沒有在陶雷和高慧的腦子裡停留很久。

陶雷望著東方漸暗的天光，在千變萬化的雲團角落仔細地搜索著。

「你在找什麼？」高慧有些疑惑。

「三隻眼睛的鴿子，帶我來這裡的是牠，帶你來的也應該是牠。」

「我根本沒有見過牠的樣子，牠真有那麼大的本事帶我們回去嗎？我可是從天上掉下來的。」

「解鈴還須繫鈴人。」

助人為樂

向東走過一公里之後，身旁的麥田和雜草整齊劃一的停止了，彷彿被院牆擋住一般，不敢越雷池半步。眼前出現了青黑色的石板路，敗醬草、酸漿草、貓眼草，一叢接一簇，芊蔚繁茂，鋪滿了道路兩旁。間隙中，沙羅樹、黑荊樹、合歡樹分列而立，在初夏的薰風撫弄中淺聲作響，暮光與枝條的合作下，石板路上投影出美麗的動態圖案。

陶雷和高慧被突如其來的奇景所打動，心情大為好轉，不自覺地感到身上一陣的溫暖舒暢。

「我希望這條路沒有盡頭，就這樣一直走下去。」高慧大口的啜飲著這條路上的馥郁芬芳，腳步也放慢了。

陶雷閉上眼睛，依然能看到四周的綺麗景色，他點點頭說：「我預感，前面會有好事情等著我們。」

一公里並不長，沒一會兒，兩側的花草漸漸變得稀疏，前方視野變得開闊，能看到飄在遠方的幾縷炊煙。

青石板路的盡頭，擺了一張青石桌子，旁邊兩張青石凳。桌子上蟲草醬雞、叉燒肉、蔬菜沙拉、上湯娃娃菜、排骨湯、大白米飯，擺了滿滿一桌子；凳子上各端坐一人，手裡擎著筷子。

只見左手邊的那人夾起一塊叉燒肉，瀝了瀝油汁，小心翼翼地送到了對面那個人的嘴裡。右邊那人一邊嚼著肉一邊含含糊糊的道了聲謝謝。接著左邊的人應了句不客氣，便將目光盯在蟲草醬雞的雞翅膀上，右邊的哪位心領神會，嘴裡的叉燒肉還沒有吃完，就開始一手用叉子按住雞身，一手拿筷子扯下雞翅膀，還嫌不夠，又將雞翅中、雞翅根、雞翅尖一一分開，再把上面的肉和骨頭進行了骨肉分離，最後送到了對面的口中，這一過程用了好幾分鐘，看的陶雷和高慧都有點不耐煩了，那

人卻樂在其中，十分滿意的看著他朋友的吃相。

兩個人就這樣你一口我一口的餵著對方吃完了這頓飯，誰的筷子都沒有碰到過自己的嘴巴一下！最後還要用紙巾把對方的嘴巴擦乾淨。

「天啊，你們臺灣人都是這麼吃飯的嗎？我從來沒有見識過，太奇怪了。」高慧拉了一下陶雷的衣角，悄聲的問起。

「當然不是了！我也是生平第一次見到，搞不懂他們為什麼這樣。」陶雷聳了聳肩。

那兩個人已經吃得醺醺的，這才注意到站在不遠處觀望著他們的陶雷和高慧，剛才他們的眼睛裡只有對方和桌子上的菜，哪怕是著火也不會引起他們的注意。瞬間兩人眼睛一亮，異口同聲道：

「歡迎來到幫助國，有什麼可以幫助你們的嗎？」

好奇遠遠戰勝了回家的衝動。高慧問道：「你們為什麼不自己吃飯啊？為什麼要互相餵啊？這樣子吃飯速度很慢的呀，而且還那麼不方便。」

「看樣子你從來沒有聽說過我們幫助國吧，小輔，你願意給兩位朋友介紹一下我們幫助國嗎？」

「這是我的榮幸，小佐，謝謝你給我這個機會介紹。尊貴的客人，我們這裡叫做幫助國，國家有兩條憲法，是我們國家的根本大法，是幾千年來從來沒有變更過的：

第一條是：幫助國的人不可以做自己的事情。

第二條是：幫助國的人不可以拒絕別人的請求。」

聽完第一條陶雷和高慧的眼珠子都要瞪出來了。自己不可以做自己的事情，那都是要別人來幫自己做？這是什麼邏輯？

小輔沒有在意他們的眼神，彷彿這已經不是第一個對此感到吃驚的人了，補充說：「我們國家自古以來就有著樂於助人的優良美德，我們的祖先認為世界上最不重要的事就是自己的事，把別人的事做好才是最重要的，所以大家都在爭先恐後地為他人服務。後來慢慢地形成了風氣，就變成誰都不可以做自己的事，每個人都在幫助與被幫助中得到快

樂，一直延續到現在。在兩千六百三十年零四個月十六天之前，當時偉大的幫助國國君匡援大王將其銘文規定，成為了幫助國的最基本國策。」

「一天有那多的事情要做，總不能每件都要去請求別人吧？」陶雷還是有點疑惑。

「當然不用了，而且幫助國的第七條刑法規定每個人每月只允許向別人發出一次請求。」旁邊的小佐幫著說。

「這怎麼夠啊？我們平時每個星期找別人幫助也都肯定要超過一次了，何況我們還可以自己做自己的事。那生活裡會有很多的不方便啊。」女孩子的心思要細緻一些。

「這個你放心，在幫助國從你每天一睜開眼睛就會被身邊的人問：需要幫您拿衣服嗎？需要幫您倒漱口水，擠上牙膏嗎？您想吃油條、麵包還是米飯？麵包要烤一烤還是直接吃？是直接放到嘴裡還是切成小片放到嘴裡？總之，你生活裡的一切需要都會被人關心到，同樣你每天也要這樣去關心別人。」

「假如我有別人看不到的需要，但是每月一次的請求用完了怎麼辦？」

「這個……就沒有辦法了。」小輔先是低下頭，轉而嗤笑了起來，說：「傳說在一千三百六十九年前，幫助國的國王匡襄大帝在吃飯的時候不小心把一粒蔦（ㄋㄠˇ）蘿的種子吞了進去，在他發現身體不舒服的時候那個月的一次請求已經用完了，結果等到第二個月頭一天找醫生看病，大夫打開他的肚子，發現蔦蘿都開出花來了。從那以後，我們都私下裡叫他花國王。」說完小輔和小佐又一起笑了一陣。

陶雷和高慧勉強擠出笑容應和了一下，對幫助國有了大致的了解，要進入正題了，陶雷清了清嗓子，說：「不好意思，你們可以幫助我們去臺灣嗎？」明明應該是問路，陶雷特地改成求助的語式，因為他牢牢地記住了幫助國憲法的第二條：幫助國的人不可以拒絕別人的請求。

「什麼？臺灣？」小輔和小佐兩個人面面相覷。

「臺灣是什麼地方，臺灣在哪？」

「你們可以幫助我回波斯嗎？」高慧緊接著追問。

「什麼？波斯又是什麼？」

四人都沒有移動，但是他們之間的距離忽的變疏遠了。就那樣僵在那裡，中間的空氣都重了好多。

率先打破僵局的是小佐，他竟然開始了抽泣：「真的很抱歉，我們很想幫助你，但是我們都沒有聽說過這兩個地方，更不知道該怎麼去哪裡……幫助國百年一遇的災難居然被我碰到了……嗚嗚嗚……終於體會到傳說中那種撕心裂肺的感受了。」

「這到底是怎麼回事啊？」高慧被小佐的哭泣弄得有點混亂。

「愛莫能助。」小輔歎了口氣。

「那種被請求後還不能施以援手的無助。在我們國家被人求助乃是莫大的榮耀，被求助的人定當盡力而為，很少有做不到的，上一次被請求後不能幫忙的是在九百三十六年前發生的，當時的國王匡濟大王切身的體會到這種感受後寫下了愛莫能助的絕言，並且立那天為幫助國的國殤日。想不到今天被我們哥倆趕上了。」

「好啦好啦，別哭了，不就是沒有幫上忙嘛，有什麼大不了的，我們再去問別人好了，謝謝你們的幫助。」高慧不但沒有半點不愉快反而還在安慰他們。

「天色不早了，也到了吃晚飯的時間，你們需要吃東西嗎？幫助國的城郭在前面，你們需要有人來帶路嗎？城裡面住著上了年紀的老人家可能知道你們要去的地方，需要我來引薦嗎？我看今天你們是走不了了，離這裡最近的城市也要走好遠，你們需要住驛站嗎？」小輔突然又來了精神，就像是這樣能彌補剛才的損失一樣。

一連串的招待加上兩人真摯熱情的眼神讓陶雷和高慧都有點不好意思了，陶雷雖然都想答應，但還是沒有張開口，總覺著欠了很大人情一樣。

高慧爽快得多，「要，要，要，我都要！哈哈，上一頓飯是中午在飛機上吃的，肚子早就餓的咕嚕咕嚕叫了，走了這麼久也累了，好想先

好好休息一下，再問問怎麼回家。當然希望你們能帶路了，謝謝你們的熱情招待。」

小輔和小佐高興地手舞足蹈，連蹦帶跳地把他們帶進了城。直奔最好的飯店，很客氣地先把菜單遞給高慧，高慧打開一瞧，全是漢字，像「溜、煎、汆（ㄘㄨㄢ）、煸」這樣的字她都不認識，只好又遞給了陶雷，陶雷也早就餓了，看著菜單上的各種美味佳餚口水都要流出來了，但是菜名旁邊的價格讓他又把口水嚥了回去，他身上沒帶多少錢。他用手肘悄悄頂了一下高慧，用手指了指價格，高慧心領神會，肯定的朝陶雷點點頭，陶雷誤以為她身上有足夠的錢，就放開手腳點了幾個好吃的菜。

不一會兒菜就上齊了，小輔和小佐各拿了一雙筷子，誠懇地問：「需要我們幫你們夾菜嗎？」

「不用，謝謝。」想到他倆互相餵食的情景，陶雷和高慧連忙擺手。

兩個人真的是餓了，一頓狼吞虎嚥，風捲殘雲，一點都不在乎形象。尤其是高慧，筷子就沒有停過，吃的腮幫子鼓鼓的，看得小輔和小佐瞠目結舌。

不消一刻的工夫，就吃了個盤乾碗淨，陶雷擦擦嘴，看著高慧。高慧剛喝完最後一碗湯，露出極其滿足的表情，掩蓋住了發自內心的一絲偷笑，朝著小佐說：「不好意思，小佐，你可以幫我把錢付了嗎？」

「當然沒問題了，小二，過來結帳。」這語氣簡直就是撿了大便宜。

陶雷心中暗想：這丫頭真是精明，和她一路包準不會吃虧。

從飯店出來，他們步行至城中一棵大榕樹下面。此時夕陽已盡，還未走遠的雲團一會兒將月亮吞進去，一會兒又將月亮吐出來，夜光輕輕地在葉間跳動，為其著上一襲蔥青，順枝幹而下，最後一道道陰柔清冷的光束墜入地面。大氣中隨風搖弋地光束，給萬物都蒙上了一層面紗，似乎觸手可及卻又飄渺如煙。

玲瓏剔透的青黑色石磚在榕樹下砌成了一個廣場，點點光束錯雜地打在石磚上，宛如另一片星空。廣場上男女老少三三兩兩乘涼閒談，互相斟茶倒水好不愜意。

小輔在人群中觀望了一下，帶著他們徑直走向了最靠近樹根的一處，兩個中年人席地而坐下著圍棋，另外兩個中年人彎著腰一邊聚精會神的觀戰一邊拿扇子用力給兩個棋手扇涼，四個人穿了同樣的白色背心和白色短褲。小佐說：「我們去問國王，他見多識廣，應該能幫到我們。」

一聽說是要見國王，陶雷和高慧不自主的緊張了起來，走路的姿勢也變得僵硬了。但是卻看不出來哪一個是國王。

「陛下，您好，今天有兩位尊貴的客人來到我們幫助國，他們有事情需要幫助。」

下棋和觀棋的四個人同時抬頭，露出友好的笑容。

「你們好，我叫陶雷，她叫高慧，今天借過貴寶地，想請問你們知不知道臺灣和波斯該怎麼走？」

一個拿著棋子的人說：「國王陛下，這裡屬你學問最淵博，你來回答吧。」

此話一出，幾個人同時將目光放在了左邊拿扇子的人身上。

國王！站著給別人煽扇子！這不是提前商量好的演戲，這恐怕世界上只有這麼一個國王能做到。

國王思忖了一下，說：「要讓我幫你們到達那兩個地方我辦不到，但是我想我知道誰能給你們提供更有用的信息。」

「離幫助國向北三十公里，經過硫化川，穿過藤蔓洞就是漢字國，漢字國是這片大陸上最大最繁華的國家了，漢字國有著最雄偉的城郭，最興旺的市集，最包容的態度，其他國家的人都可以去遊玩、工作、生活，漢字國的國民不會因為你的相貌特徵、高矮胖瘦、生活習慣去歧視你，因此漢字國有著數量最多的外來人口，在大街上見到再奇特的人都不會有人駐足圍觀，因為那是漢字國。由此那裡擁有著最豐富的消息來源，我們不知道的事情，在漢字國一定有人知道。」

說的時候，國王瞭望遠方，目光中充斥著崇敬與嚮往，彷彿已站在了城門外。雖然自己身為一國之君，卻發自內心毫不保留的對其他國家大肆讚美，更是讓陶雷和高慧讚歎不已。

「而且，我記得小時候我爺爺和我說過臺灣，好像是和漢字國有著一種很密切的關係，具體內容記不清楚了，但是哪裡一定會幫到你們。真的很高興你們能來造訪幫助國，今天天色已經不早了，如果現在出發，不但路不好走，而且漢字國的城門也應該關了，就請在我的國家留宿一晚吧。」

吃飽了飯，再來到這如夢如幻的夜空中，國王慈藹又富有磁性的聲音更是增添了幾分睡意，縱使陶雷想到了明天的期末考試，也只能點頭應允。

「可以把梯子放下來嗎？」國王仰頭向樹上問了一聲。

沒有人回答，只傳來咚咚咚的腳步聲，過了約幾分鐘一條竹子和繩子拼成的軟梯被放了下來，陶雷和高慧順著梯子往上爬，很快就到了第一根樹枝上，一隻強壯有力的手把他倆一個一個拉上來。說是樹枝，橫切面積卻有兩扇門那麼寬，站在上面翻筋斗一點問題都沒有。上面的人帶他們進了旁邊的三號樹屋，說：「東西都準備好了，還需要什麼按門鈴叫我就行了。」

打開門，兩張用榕樹葉鋪成的大床，兩缸剛燒好冒著熱氣的洗澡水，還有一碟子玫瑰花蜜餡餅。洗漱過後，他們陷進了柔軟的大床裡，合上眼，黑暗便像一條熟悉而舒適的薄被裹住了他們，鼾聲漸起。

次日清晨，只有一束朝陽穿過榕樹葉的罅（ㄒㄧㄚˋ）隙，射進三號木屋的地上，將屋內的黑暗染成一片靜寂寧謐的酡紅，溫潤的朝氣流入房間。

高慧打了個哈欠，伸伸懶腰，手不小心觸動了床頭的一個按鈕，一會兒就有人開門進來，用極快的速度說：

「需要幫您拿衣服嗎？需要幫您倒漱口水，擠上牙膏嗎？您想吃油條、麵包還是米飯？麵包要烤一烤還是直接吃？是直接放到嘴裡還是切成小片放到嘴裡？」

這一連串的問話一下子讓高慧清醒了，陶雷也睜開了眼睛。

「不用！不用！不用！」兩人連忙擺手，「我們可以自己來。」

梳洗用餐已畢，順軟梯來到了樹下。

國王早就在下面等著了，還是白色的背心和短褲，熱情的招呼他們。

「這是路上喝的飲用水，這是路上吃的點心，兩件雨衣以防不測，兩輛自行車，你們都會騎車吧？」

「會！真是太感謝了，太體貼了，真不知道該怎麼對您表達謝意。」一路上的用品都準備的妥妥當當的，高慧都快感動得哭出來了。

「不用客氣，祝你們一路順風，有機會還能再見面。」國王的目光還是那樣的和藹慈善。

小輔和小佐也一早趕了過來，「讓我幫你推著車吧。」就這樣一路把他們送到了幫助國的北城門。

「就送到這裡吧，實在是太謝謝你們了！」陶雷和每一個人都握了握手。

「萬分感謝！沒有什麼能回贈你們的，你們的生活我們也幫不上忙，就讓我為你們唱一首歌吧。」高慧清了清喉嚨。

寧靜的夏天，
天空中繁星點點，
心裡頭有些眷戀，
眷念你們的臉，
謝謝你給我的方便，
謝謝你讓我很留戀，
終會再有一天和你們再相見。

漢字之國

聆聽著硫化川嗞嗞的水聲，高慧和陶雷騎行在乾燥的草地上。

薑黃色的川水不斷地冒著蒸騰而出的煙霾，即便沒有靠近也能聞到刺鼻的味道，兩人不覺得加快了蹬車的頻率。

馬上就將這流水聲甩在身後，朝著藤蔓洞騎過去了。

行至洞口，日頭已經頂在正上方，那是由薔薇、鐵線蓮、絡石、薜荔、凌霄、五味子、文竹等等多種藤蔓所形成的一個洞口，奇特的是沒有依附的牆或者山石，藤蔓植物本是不能向上生長的，但是這裡就是眾多的藤蔓你挨著我，我靠著你，互相扶持著，編結出了一扇圓拱形的大門。

高慧和陶雷在洞中席地而坐，吃光了幫助國國王給準備的午餐，又喝了半瓶子的水，臥倒小憩一陣，便又開始了旅程。

伴隨著車輪軋路上石子的清脆澄澈聲音，身上沐浴著午後的慵懶陽光，高慧唱起了波斯小曲，陶雷聽不懂歌詞是什麼，但是曲調奇異悠揚，聽一會兒也記住了，隨著她一唱一和，時間走得快了許多。

即便如此，也是在臨近黃昏的時候，視野內才出現一座大的驚人的城郭。離著越近，越發能夠感受到那種單純的大所帶來的視覺震撼，即使沒有任何裝飾和布置，城郭的規模都能夠用壯觀來形容，難怪幫助國國王所說，只有這樣的高度和厚度才能容得下天下不一樣的種種事物。

車臨城下，可以看得清楚了，城牆是用深灰色的巨型石磚堆砌而成，城樓高五十米，站在城門口，兩邊都望不到盡頭，城牆上是牙齒般整齊排列的城牆垛子，夏風拂過，只能微微掀起城樓上的旌旗。整座城牆看起來能在暴風雨中屹立一萬年，比他腳下的大地還要堅固。城門上從右往左刻著「漢字國」三個大字，每個字都比高慧和陶雷加起來還要高。

再往前走，城門裡一個手拿長矛的人站了出來，他的衣服前面有一個紅色的橢圓，中間寫著「門衛」兩個漢字。

「門什麼？下面哪個字我不認識。」高慧小聲問陶雷。

「歡迎光臨，這裡是漢字國，惑瘋大陸上最大的國家，惑瘋大陸上人口最多的國家，也是外國人最多的國家，請問你們從哪裡來？要去哪裡？」

「我們兩個一個從臺灣來，一個從波斯來，我們要回臺灣和波斯。」

「啊哈，好像聽說過，但是從來沒有見過這兩個地方的人，那麼請出示你們的官憑路引。」

「你說什麼？」高慧說。

「我要看你們的官憑路引。」門衛重複了一遍。

高慧不解的看了看陶雷，陶雷也同樣沒有反應。

「通關文牒。」

「護照。」門衛有點不耐煩了。

「哦，我明白了。」陶雷恍然大悟。「啪！」他動了動嘴，不太自信的和高慧說了句：「怕死破兒特。」

「在我的書包裡，在飛機上！我摔下來的時候沒有帶著怕死破兒特。」

「我也沒有帶，怎麼辦呢？」

「有沒有介紹信、路證、通行證、符、令箭、關照什麼的？」

「都沒有。」

「哎呀，那可就不好辦了，你們不可以進城門。」門衛聳聳肩。

「有沒有別的方法？」

「如果有漢字國的國人給你們做擔保就可以了，你們在漢字國有熟人嗎？」

「沒有……」

「那就沒有辦法了，對不起，你們不可以進城。」

兩個人沮喪的走到了城牆旁邊的陰涼處，高慧眼圈有些漲紅了，帶

著哭腔說：「怎麼辦呀！進不了城就打聽不到回家的方法，就回不去家了。」

「嘿，我有個主意，可以去試試。」陶雷眼睛一亮，站起身又走了過去。

「大哥哥，你好！」

「你們找到過關的文件了嗎？」

「我們之前有見過嗎？」

「有啊，剛剛見過。」

「那我們是陌生人嗎？」

「既然有見過，那就不算陌生人了。」

「不是生人，那我們就是熟人啦？」

「嗯，我們算是熟人了。」

「那你可以幫我們做擔保讓我們進城嗎？」

「我是漢字國的人，我和你們又是熟人，那麼我可以幫你們做擔保，你們就可以進城了。哈哈，當然可以了，這下就說得通了。」

門衛大哥與高采烈地轉身去開城門。

高慧臉上同時呈現出驚訝、歡喜、疑惑的表情，小聲和陶雷說：「不是生人就一定變成熟人了嗎？我們和他也不熟啊，充其量算是半生不熟的關係。」

「噓！不要讓他聽到，我們能進城就好。」

門衛大哥一邊開著城門，一邊和他們攀談起來。

「歡迎歡迎，二位是第一次來我們漢字國吧。」

「是的。」

「作為熟人，我來給你們簡單介紹一下：我們漢字國的國民全是由漢字組成的，每個人的衣服上都畫有一個橢圓，中間寫的字就是我們的名字。你看我的名字就是『門衛』，我來自『衛』字家族，我有很多的兄弟姐妹，有護衛、禁衛、內衛、前衛、後衛、衛士，家中的老大哥也是混的最好的是千牛衛，他的工作是保護皇帝，每天在皇宮裡工作，可神氣了，我覺得他的的名字叫千牛衛完全是因為他的樣子比一千頭牛還牛氣；但是家裡最牛的其實不是大哥，我最小的弟弟特別喜歡穿漂亮衣服，所以他叫錦衣衛，也在皇帝手下幹活，他可厲害啦，即便是大哥見到他也要讓三分。我的名字是門衛，也就只能每天站在門口查查護照，比他們差遠了。」

門衛也真不拿他們當外人，一開口就把自己家庭成員說了個乾淨，高慧和陶雷倒是聽得津津有味的，還蠻想見見他的兄弟姐妹們，高慧尤其想見見他最小的弟弟。

「這個時間看外面也不會再有人來了，我帶你們好好看看漢字國。」說完門衛大哥反手把城門鎖上了。

進城門往左轉，門衛帶著他們踩上了一塊吊著繩子的木板，衝著旁邊一個胸前寫著升降梯三個字的胖子打了個招呼，那人便拉動手中的繩子，把他們三人送上五十米高的城樓上。

站在城樓上俯視城內，更是壯觀的讓人驚歎。漢字國的城郭是正方形的，城內的房屋都是四四方方整整齊齊的，正南正北，正東正西，沒有一棟樓是斜著的，就像是一塊大豆腐被橫著和豎著均勻地切了好多刀一樣。唯獨有一塊沒有切斷的部分是正對著城門方向，最北面，一個坐北朝南的小正方形，看起來應該是皇宮的位置。

城門所對應的就是整個城市的中軸線，整整齊齊的，左邊的建築物，無論高的矮的，一律是黑色的屋頂；而右邊呢，也是無論高低，通通都是白色的屋頂；北面中間的正方形雖然小，卻最是耀眼，金色的屋頂，在斜陽下尤為的引人注目。

「我們漢字國的城市被分為兩大城區，左邊黑色屋頂的叫做實詞區，右邊白色屋頂的叫做虛詞區，實詞區裡面住的都是實詞，虛詞區裡面住的都是虛詞，我們國家的國民會根據詞性被分成實詞和虛詞兩種不同的陣營。中間金色屋頂的是皇宮，住著國王和大臣們，不適於任何一方。」

「實詞和虛詞，好複雜啊！我學漢語的時候一看到這些就頭疼。」高慧皺著眉頭說。

「這算什麼，複雜的還在後面呢。管理實詞區的是國王的左丞相，他的名字就叫『實詞』，偌大的實詞區被分為名詞坊、動詞坊、形容詞坊、數詞坊、量詞坊和代詞坊六個坊，每個坊分別由名詞、動詞、形容詞、數詞、量詞和代詞幾位大臣來管理；同樣的，虛詞區被分為副詞坊、介詞坊、連詞坊、助詞坊、擬聲詞坊、和歎詞坊六個坊，每個坊分別由副詞、介詞、連詞、助詞、擬聲詞和歎詞幾位大臣來打理。」

「我的天啊，我聽得都要暈了，最討厭詞性了！」高慧又開始嘟囔。

「你看左前方，靠近西門的就是我家，我們家是隸屬名詞坊，也是整個漢字國內最大的一個坊。」門衛指了指。

「從西門到東門的那條街好像和別的地方不一樣，好像造型上更漂亮一點。」女孩子的觀察角度總是不一樣的。

「真是有眼光！」門衛讚許的看了看高慧，「從東門到西門的那條街是東市和西市，是漢字國最大的兩條商業街，金銀首飾、日常百貨，賣什麼的都有，還有玩雜技的、變戲法的、賣唱的、練功賣藝的，可熱鬧啦！」

「真的嗎？我好想去逛逛！」一聽說熱鬧還有東西賣，高慧的眼睛都放光了。

「我們還是辦正事回家吧。」陶雷給出了不同意見，早回去一天，就可以少補考一科。

「好陶雷，我們就去看一看，很快地，看一下就走好不好？」高慧撅起了嘴，半撒嬌的樣子。

「好吧好吧，就去看看吧，門衛大哥能帶我們去那兒轉轉嗎？」

「沒問題，我也很想去呢。」

一行三人又跨上了自行車，直奔東西市，高慧騎得可快了，兩個男人在後面緊蹬才能追上她。

騎到了城中央，高慧為難著，左面是西市，右面是東市，同樣的繁華，去哪個好呢？

「東邊住的有錢人多，東市的金銀珠寶奢飾品多一些，西邊外國人多，西市稀奇古怪的小玩意多。」門衛給出了選擇。

「西市。」陶雷和高慧異口同聲。

步入西市，熱鬧極了，兩旁的商鋪鱗次櫛比，光鮮亮麗，這倒並不算吸引人，最令人好奇的是街上走著各種奇形怪狀，特點鮮明的漢字國國民，每一個都像身上背負著有趣的故事一樣，高慧和陶雷眼睛都不夠使了，也不怕不禮貌，使勁地打量路上的每個人，門衛大哥一手抓著他們一個才能讓大家不走散。

市集把頭第一家是水墨畫店，叫賣的人是個小胖子，留著八字鬍，戴著一副眼鏡，左手拿著算盤，右手拿著一支毛筆，一幅文縐縐的樣子，衣服中間寫了畫商兩個字。臉上露出很奇怪的神情，既有恭敬，又有不屑，既有歡喜，又有不悅，既有熱情，又有冷漠。

「這是什麼表情啊？你們漢字國的人我真是看不懂。他的臉怎麼那麼奇怪啊？」高慧問門衛。

「你看他前面站的兩個人。」門衛指一指前方。

順著畫裔的目光，前面有兩個人，高矮胖瘦，五官相貌，穿著打扮都一模一樣，同樣的保持著將右手抬在身前，食指指向前方的姿勢，不同的是左邊的那位大多的時候只是保持著姿勢不動，只是偶爾食指向前有力地點一下，而右邊的那位則是手指像是帕金森氏症一樣，手指一直不斷地點擊。

「他們是一對孿生兄弟，你看他們的胸前。」

只見左邊的那人胸前圈中寫了指點兩個字，右邊的圈中寫了指指點點四個字。

「他們倆都是當評論員的，兩個人都是博學多才，琴棋書畫無所不精，無所不懂，任何領域的事情都能說的有理有據。」

「大家都很崇拜他們吧？」

「不是，他們的標準很相近，總能看到同樣的事實，但是指點喜歡給別人好的意見，讓別人做的更好，而指指點點總是喜歡強調事情的黑暗面；只有在別人請求的時候，指點才會給出一次意見，不管有沒有人要求，指指點點都要說好多次。」

「這麼說來指指點點應該不是很受歡迎吧。」

「那是當然了，所以指點一出現，身邊的人都會笑臉相迎，指指點點一到來，旁邊的人都會走的遠遠的。你看畫商那張奇怪的臉，就是因為指點和指指點點兄弟同時出現才變的那麼扭曲的。同樣一幅畫，指點評價之後可能就可以賣個好價錢，指指點點說完一定就變得一文不值了。他既想好好招待指點，又想讓指指點點走的遠遠的，弄得他都不知道該怎麼辦了，真可憐。」

「漢語真的好難啊，在我看來指點和指指點點應該是一個意思，結果真是千差萬別，看來我還得好好學習才行。」高慧若有所思的點點頭。

跟隨著人潮向前湧動，賣蔬菜的，賣水果的，賣鍋碗瓢盆的各自吆喝著，有買有賣，好不熱鬧。往前走了不遠，忽然，他們感到川流不息的人潮停滯了，每個人都像是被凍住一樣呆在那裡，彷彿中間的空氣都凝固了。

「這是怎麼回事？他們在玩稻草人的遊戲嗎？」陶雷想到了和小朋友一起玩的定住不能動的遊戲。

「笨死啦！哪裡是定住了，明明是盯住了，你沒發現他們的眼睛都看著同一個方向嗎？」高慧很神氣地說。

「你們真幸運！」門衛大哥的眼睛裡也閃現了光芒。

順著大家的目光，那是一家花店，一盆盆的牡丹、芍藥、月季、倒掛金鐘等等五顏六色，特別好看。中間站著花店的老闆，一個身材高大，頭髮稀疏，面容慈祥，腿有點瘸的老人，穿了一條圍裙，中間寫著花匠兩個字。

面對著花匠的是兩個女人，她們的背影吸收了路人全部的目光。門衛大哥鬆開了雙手，和其他人一樣直勾勾的看著，高慧和陶雷兩個小朋友好奇心重，也不顧及那麼多，偷偷地跑到了她們側面去看。

右邊的女人一頭烏黑靚麗的瀑布長髮，穿碎花的連衣裙，同樣碎花的高跟鞋，大眼睛，高鼻樑，長得比前面的花還要好看！胸前的圈裡寫了漂亮兩個字。

左邊的女人一頭深棕色的波浪捲髮，穿黑色的連衣裙，黑色的平底鞋，眼睛不大不小，鼻子不高不矮，沒有旁邊的漂亮好看，但是讓人莫名地覺得舒服。連衣裙的胸口處寫的是美麗兩個字。

兩個人在精心的挑著花，最後漂亮拿了一束月季，美麗拿了一束玫瑰。

「花匠叔叔，你說這花漂不漂亮？」選好花，漂亮先開口。

「當然漂亮。」花匠憨憨的點點頭。

「那您覺著這花和我襯不襯？」漂亮特意把花拿到自己臉的旁邊。

「哎喲，這就太美了。」

「是吧，那這束花可不可以送給我啊？」漂亮調皮的眨眨她的大眼睛。

「哎呀，這可不行啊，這裡的花是賣的呀。」老花匠有點為難。

「你就別逗花匠叔叔了。」美麗輕輕推了漂亮一把。

「下週還要請叔叔教我們布置花園呢，你現在還淘氣。」美麗又補了一句。

「嘻嘻。」

「叔叔，這一共多少錢？給我們打個折吧。」

「好，給你們打八折。」

拿好了花，她們面向陶雷和高慧，朝著城中心走去。兩個小朋友一下子就被漂亮吸引住，但是隨著越走越近，慢慢的感受到美麗身上散發出了一種溫暖的氣息，停在漂亮身上的目光也被她奪了去。

她們走遠了，附近的人群又開始活動，門衛大哥追上來說：「你們兩個真的是太幸運了，美麗和漂亮是漢字國國寶一樣的人物，幾乎沒有人不喜歡美麗，沒有人不喜歡漂亮。每家每戶都期待著她們的到訪，每個人都願意多看她們一眼，能和她們見到面一天都會心情愉快。還有，我聽說漂亮出去買東西是從來不帶錢的。」

「啊？不帶錢怎麼買東西？」

「每次店主們看到漂亮都會高興地送給她東西，漂亮想要什麼，就會有人送什麼。所以漂亮出門都不是買東西，而是拿東西。你看剛才最後是美麗付的錢。」

「那為什麼剛才花匠叔叔沒有送她們花呢？漂亮姐姐都問了他還是說不行呢？」

「這就是漂亮少有的幾個『剋星』了，因為花匠叔叔每天都和不同的花打交道，每天看到的都是漂亮和美麗的東西，所以他看到漂亮小姐和美麗小姐就不覺得有什麼特別稀奇了。而且花匠叔叔人特別好，本來賣的的東西就便宜，她們倆只是要和叔叔開玩笑的。」

「這麼奇妙呀，我們在市集多轉轉吧！」高慧瞅瞅陶雷，怕他想走了。

「好啊，我也想看看。」陶雷同樣被這個奇特的國度所吸引。

越往前走，三個人的興致越高，完全忘卻了騎了一天自行車的疲勞。走到前方一家小店，在整個西市裡都顯得尤為的格格不入，明明是滿街的人流，車水馬龍。唯獨那家店前就像是有個無形的柵欄一樣，以門聯為半徑的半個圓都沒有人，大家看到了也都繞著這家店走。

高慧特別好奇，自己先走進去看，門口的屋簷上掛了個幌子，上面寫著「兕肆」兩個字。

「兕律？」高慧問。

「不是吧，兒上面不是這麼寫。」

「那你說念什麼？」

「兕什麼？」

「我沒和你兕啊？」高慧特別委屈。

「不是的，我沒說你兇，我說的是哪上面第一個字念兇。」陶雷趕緊解釋。

「呵呵，原來是這樣啊。」高慧有點不好意思了，「你是臺灣人，也不認識下面的字。」

陶雷被講不識字，臉上青一塊白一塊的，趕緊轉頭看門衛大哥。

「兇肆。」門衛大哥心領神會，馬上解救他。

「哦，謝謝門衛大哥，今天又認識一個新字，和律師的律挺像的。」說完高慧就跑過去看兇肆門口擺的東西。只見一個兩米多長一米多寬一米多高的棺材躺在地上。

「這個盒子好大啊，是放什麼的？」

「是放你進去睡覺的。」陶雷使勁掩飾著不要笑出來。

「我們波斯人睡覺的叫做床，和這個不一樣，我試試舒不舒服。」說著就要爬進去躺下。

「哎呦，我的小祖宗可別進去，這玩笑開大了。」門衛大哥一把把

她拉住。

「為什麼啊？買東西還不讓試試了？」高慧張大眼睛，然後就看到陶雷綻開臉在大笑，馬上反應出來被騙了。

「快說，這是做什麼的？」邊說著，邊衝到陶雷那裡。

「這是放死人的，哈哈哈。」說完陶雷轉身就跑。

「打死你。」高慧隨後就追。

兩個人一前一後的追逐了起來，最後繞著棺材轉圈，誰也碰不到誰。

「好了好了，別鬧了。」門衛大哥來打圓場。

「算了，我已經不生氣了，你別躲了。」高慧坐到了旁邊的臺階上喘喘氣。

陶雷帶著一絲警惕，還是坐了過去。

「這個東西叫什麼名字？大木盒子？」

「叫棺材。是專門放死人的。」

「然後棺材放在哪裡？」

「在山區挖一個大坑，把棺材放進去，再在上面用土堆上一個土包，上面插上一個牌子，寫上死者的名字就算完成了。」

「天啊！你們會把死人放在土裡！」

「不一定，也有人不放在土裡，有的人死了之後就用火燒了，還有的是放到大海裡面，你們不是嗎？」

「不可以的！」高慧激動的臉都變紅了。

「為什麼啊？」

「土、水和火都是神聖的。」

「你信的是什麼教啊？」

「我們波斯人都相信瑣羅亞斯德教，也有人管它叫拜火教。」

「沒聽說過，我就知道佛教、道教、基督教和伊斯蘭教。」

「都不是啦，我們的主神是阿胡拉瑪茲達，是祂創造了這個世界。」

陶雷聽得一頭霧水。

高慧看出來了，也沒有繼續解釋，只是說：「我們認為土、水和火都是神聖的，所以拜火教教徒不可以土葬、水葬和火葬。」

「那人死了之後怎麼辦呢？」

「天葬。」

「把人扔到天上？會掉下來的，地球是有地心引力的。」陶雷更是不明白。

「教徒死了之後屍體被放在寂沒之塔的塔頂，會有野生的鷹鷲啄食掉屍體。」

「不就是被鷹吃了嗎？」陶雷想想都起雞皮疙瘩。

「對，也叫鳥葬。」

「嘶……有點嚇人，但是我還是挺想去看看的，如果我們都能順利回家的話，我去波斯找你玩好不好？」

「沒問題。」

「打勾勾？」

「打勾勾是什麼？」

「來，把小拇指伸過來。」

高慧不明白，還是照做了。

「打勾勾，蓋印章，說到要做到！」

屋簷下，兩個小朋友笑的特甜。

門衛大哥看著他們也揚起了嘴角。

屋簷上面，兩雙眼角也顯現了歡笑的魚尾紋。

入夜有聲

笑了一陣子，陶雷和高慧就開始覺得有些不對勁，也說不出哪裡不對勁，就是渾身的不舒服。來到惑瘋大陸兩天了，他們已經習慣會有奇怪的人和事情出現，但是這一次什麼也沒有看見，也沒有聽見，無端地發毛。

「我有點冒冷汗，感覺怪怪地。」

「有人在偷看我們。」

兩人上下左右的打量著四周，卻沒找到有人在看著他們。

「不對，我還是覺得身上有雙眼睛。」

「你可別嚇唬我啊。」高慧有點緊張了。

「我們被發現了耶，嘻嘻。」聲音是從上面傳來的。

「去打個招呼。」

「走！」

「咻」的一聲，兩團看似氣體地東西飄到了高慧和陶雷的面前。

「哇！你們是誰？」陶雷和高慧嚇得縮在了一起。

「別害怕，請允許我介紹一下，我們也是漢字國的國民，你看我的胸前也有漢字。」

定睛仔細看，兩團氣體在空中呈現出了人類的大致輪廓，如氤氳般漂浮在大氣間，腳不沾地，雖然有身體，但卻是透明的，透過他們，後面的的街道一樣能看的清清楚楚。說話的那個順勢用手拍了下胸口，手掌立刻消散在胸膛中，等他胳膊放下，新的手又長了出來。胸口處隱隱約約寫著靈魂兩個字。

另一團氣體顏色稍微深一點，也是同樣的通透，胸口寫的是鬼魂兩個字。

陶雷和高慧倒吸了口冷氣，還是沒敢說話。

「漢字國是一個超級大國，國民有肉體做的，也有液體做的，當然也有我們這樣氣體做的，不好意思，嚇到你們了。」靈魂的臉上氣體在滾動，可以認為他給出了一個善意的微笑。

旁邊的鬼魂跟著點點頭，依舊面目表情。

高慧只認識裡面的鬼字，出於害怕沒有說話。

旁邊的門衛大哥看他們嚇得不輕，趕緊過來說話：「你們看他倆，顏色淺一點的叫靈魂，顏色深一點的叫鬼魂。」

「我大概聽說過。」高慧結合著身邊的環境能明白一點，「每個人都有靈魂嗎？」

「問得好！」靈魂很讚許的動了動頭，「每個人出生的時候都是有一具肉體和一個靈魂的，靈魂和肉體完美地契合在一起，但是有些人在後來的生活當中迷失了自己，靈魂就飄出了肉體，有的人能找回自己的靈魂，有的人就再也找不到了。」

「沒有靈魂的人是什麼樣子呢？」

「行尸走肉。」

「那離開肉體的靈魂會去哪呢？」

「會在這個世界上遊蕩，有的時候會附在別人身上，和別人的靈魂打架，或者把別人的靈魂趕走，比如說，這樣！」

突然靈魂一個加速衝向了高慧和陶雷，從陶雷的身上硬穿了過去，沒等他們反應又從高慧的身上穿了回來。

等兩人反應過來，自己查看身上一點變化也沒有，真是神奇。

「人死了之後靈魂去哪了呢？」高慧越發地有興趣了。

「沒有肉體的靈魂就不叫靈魂了，就變成我身邊的這位朋友，鬼魂。」

「噫！好可怕！」

「既然你們二位都能顯身活動了，我想今天的集市也快該收市了，我想帶他們去看看漢字國的暮鼓。」門衛大哥插了一句。

「一定要去！」鬼魂第一次開口說話。

「為什麼？」

「白天與黑夜交接的那一段時間，就像靈魂過渡到鬼魂的那一須臾，一切都變得似幻而真，似虛而實，似有而無，短暫而美好。在暮鼓聲中看著漢字國從白晝滑落到黑夜，最美不過。」鬼魂的面部開始有了滾動。

「那就快走吧！」高慧並不能聽懂鬼魂說的所有內容，反而更是勾起了她的好奇心。

「我們也要去看，一會兒鼓樓下面見，先行一步了。」靈魂打了招呼，「嗤」的一聲就沒影兒了。

「我們也得趕快。」門衛大哥說著也動身了。

鼓樓離西市不遠，只是幾步路就到了。鼓樓下已經黑壓壓站了不少人，都是等著觀賞擊鼓表演的，他們在鼓樓東面找了個合適的位置，剛好能看到霞雲中最後一道斜陽照射在鼓樓中央。

時間剛剛好，前面人群開始響起騷動，有不少人輕聲地說著：「來了。」

鼓樓共有七層，只見一胖一瘦兩個人順著螺旋地樓梯穩穩地走上樓頂的天臺。那胖子真是個大塊頭，脖子下面兩腿上面就是一個標準的圓形，肚子和後背卻如刀砍斧剁般平整，從遠處看，活像個大鬧鐘。瘦子說是瘦子，只是和胖子比起來瘦，其實渾身都是肌肉，看著就結實有力，兩條手臂尤其的長，自然下垂都能摸到小腿，大臂粗壯，小臂渾圓，連接著兩隻骨骼奇大的手。

兩人走上鼓樓天臺才能看清胖子的胸前寫了大鼓兩個字，而瘦子胸前寫的是鼓槌。胖子一屁股坐在了正中央的一把高腳椅上，撩開了衣服，露出平坦的肚子；瘦子把袖子拉過肘部以上，亮出筆直的小臂，握緊了拳頭。

瘦子將雙拳舉過頭頂，朝胖子點點頭，胖子深吸一口氣，立刻繃緊了肚皮，輕輕點了下頜。

「咚！」瘦子一拳就砸在了胖子的肚子上。

「咚咚咚！」接二連三的重拳打在胖子的肚子上，聲音飄蕩至遠方的城牆上再反彈回來，響徹整座城池的天空。下面的觀眾沉浸在巨大聲音所帶來的震撼中發不出任何動靜。

「咚咚咚咚咚咚咚咚！」擊鼓的頻率越來越快，驚起了附近的一隊信鴿，盤旋到鼓樓上空，劃破天空的尖銳哨音與沉重磅礴的鼓聲交織在一起，奏出了送別日落的交響樂。

第一輪鼓打完，胖子鬆了一口氣，站起來揉揉肚子；瘦子擦擦汗，放鬆放鬆手臂，坐了下來。陶雷和高慧耳邊還迴盪著嗡嗡地餘聲，久久不能停息，直至音波散去，大家才能回過神來，面面相覷，彷彿恍惚了很久。

剛定神一陣子，第二輪鼓聲響起，先是一陣短暫急促的鼓點，如鐵騎奔騰刀槍碰撞的戰鼓，聽得下面的人熱血翻滾，躍躍欲起。接著鼓槌與大鼓的敲擊，鼓槌之間的敲擊有節奏的錯雜在一起，清脆明亮，讓人精神為之一振。

二輪鼓完畢，城內的空氣都變得和鐵一樣強烈，高慧和陶雷似乎注入了新鮮血液，全身充滿活力，再繞著城牆跑五圈都沒問題！

只是片刻，第三輪鼓響起，此時夕陽已經整個淹沒在雲霞當中，大鼓和鼓槌身上也只剩下淡紫色的光芒。鼓點不再激昂，一下一下的就像在和老朋友聊天，不慌不忙，不疾不徐。

「那是在和太陽匯報漢字國一天的事情，第三輪鼓開始，我們該走了。」門衛大哥拍了拍還聽得入神的兩個小朋友。

「不看完嗎？」

「要是看完他們表演，我們就該有麻煩了。」

「為什麼？」

「漢字國有宵禁的規矩，三輪鼓打完，城門關閉，不可以再有人出入，所有的主要街道都封鎖，行人不可以往來，除非是有國王的令箭，如果晚上被逮到就會被關進大牢。當然，我是個例外，負責巡夜的是我的三哥金吾衛，晚上看到我他也會睜一隻眼閉一隻眼。但是今天帶著你們兩個外國人就不行了。」

「那我們趕緊走吧，我可不想蹲進大牢。」高慧縮了縮脖子。

「欣賞暮鼓的感覺太震撼了，我都忘記我們沒地方住啦！」陶雷意識到了問題。

「這麼早就打算去睡覺了嗎？」門衛大哥撇撇嘴，一副意猶未盡的樣子。

「晚上都宵禁了還能做什麼呢？又不能在街上走，只能去睡覺了啊。」

「哈哈，作為惑瘋大陸第一大國，漢字國怎麼能沒有夜生活呢？」門衛大哥挺得意。

「不是都宵禁了嗎？」

「宵禁只是幾條主要街道不許通行，但是每個坊子裡面還是可以歌舞升平的，我帶你們去見識見識。」

「小孩子可不是什麼都可以玩的喲！」不知道什麼時候靈魂出現在他們旁邊。

「收斂點。」鬼魂也在旁邊幫腔。

「知道了知道了，我又不是小孩子。」門衛大哥有點不耐煩。

「晚上玩的愉快！我們要去孟婆家吃晚飯去了，再見！」靈魂和鬼魂搖搖手。

「只能吃飯，不能喝湯啊！」

「記著呢，不會錯的，再會了。」

「為什麼不能喝湯呢？她做的湯不好喝？」高慧不明白其中的故事。

「因為喝了她的湯，你以前做過的事情就都記不住了，就澈底失憶了。」陶雷還是知道的。

「太可怕了，喝完人不就變傻了。」高慧直搖頭。

門衛大哥回答：「這倒也不盡然，我以前有個朋友，他叫憤怒，腦袋上永遠頂著一把火，剛開始我能和他做朋友，可是他的脾氣太大，說不了幾句話就要跟人吵架，看什麼都不順眼，後來我實在容忍不了，就再不和他一道玩耍；我還有個朋友，叫悲傷，臉上永遠都是愁雲密布，從來就沒有開心的時候，和他在一起我的心情總是特別低落。我真的希望他們能去喝喝孟婆的湯，把什麼都忘掉，或許會過得好一點。好了，我們走吧。」

一路上的大商鋪都開始陸陸續續打烊關門了，直到進入名詞坊內，又是另一番景象。人們穿梭在胡同弄堂之間，街頭的小酒館開始點起華燈，戲院的二樓後臺已經傳來了吊嗓子的聲音，國術館裡金屬之間的碰擊聲噹噹作響，熱鬧程度絲毫不比白天的西市差。

路過好幾家店高慧都想探頭進去看看，卻都被門衛大哥拉住了，「不用進去了，我帶你們去最好的。」

轉了幾個彎，來到一棟大樓門口，正面朱漆的大門，上面整齊地釘著八十一顆金色的門釘，門上藍匾金字寫著「快活樓」三個大字。

「這裡是名詞坊也是整個漢字國最大的娛樂中心，你在外面能看到的好吃的好看的好玩的都能在這裡找到，來到這裡就不用去其他地方了。」

他們走到樓門口，門自動開了，從裡面露出一個人，微屈著膝蓋，哈著腰，弓著背，縮著脖子，肩膀上搭著一條毛巾，胸前的圈裡寫著小二兩個字。小二見面先點頭道：「哎呦喂！這不是門衛大哥嗎，好久沒見您來了，怎麼著，今天還帶了兩位少爺小姐，一直給您留著座呢，總算把您盼來了。」說著就把他們往裡面引。

繞過了一道屏風，裡面豁然開朗，正對面的是一個戲臺，戲臺前擺了九張桌子，已經坐滿了人。

小二把他們領到二樓的側面，一張空桌前，讓他們落座，便去拿茶水。

陶雷看看高慧，兩人心意相通，沒有錢。這裡又不是幫助國，可以那麼容易讓人來付帳，門衛大哥已經帶著他們玩了大半天了，如果還讓他請客吃飯，太不好意思了。

當著他的面又不好商量，兩人眼神交換了一下，誰都沒想出辦法，誰也沒說出口。

門衛大哥倒是沒有注意他們，只是一個勁地往下看，也示意他們看舞臺上。

舞臺上已經開唱了，上面兩個人，一個身材魁梧，面上花裡胡哨的，一把大鬍子，縫隙間能看到胸前寫的是花臉兩個字；另一個是女人，臉上粉嫩粉嫩的，直直的長髮，手裡拿著一塊手帕，身上穿了個肚兜，肚兜上寫著青衣兩個字。

臺下雖說是坐滿了，真正聽戲的卻不多，大多是在嗑著瓜子，喝著茶水，聊著閒篇。

「今天要有好戲看了，嘿嘿。」門衛大哥撇著嘴露出一個狡黠的笑容。

好戲連臺

「這戲有什麼好的？我一句也聽不懂。」高慧開始抱怨了。

「我也是，唱得這麼慢，也聽不出來唱的是什麼。」陶雷隨聲附和道。

「我沒說臺上，臺下要有好戲看了。」

陶雷和高慧趕緊往臺下看，大家吃吃聊聊，也沒看出個端倪。

「門衛大哥，有什麼好看的呢？」高慧忍不住問。

「我來給你們介紹一下，你看到前排最中間的那桌了嗎？」

「看到了，有三個老頭，頭髮都白了，尤其是中間的爺爺，看上去有一百歲！就他們三個沒有說話，聽得最認真，也最投入，聽得搖頭晃腦的，還跟著哼哼。他們是誰啊？」

「他們是花甲、古稀和耄（ㄇㄠˋ）耋（ㄉㄧㄝˊ）三老，左手邊的花甲六十多歲，右手邊的古稀七十多歲，中間的耄耋可是我們漢字國的國寶，九十歲！誰見了他都要特別尊敬，客客氣氣的，耄耋爺爺喜歡聽戲，每次都來這裡，不管他來得早還是來得晚，有預定還是沒有預定，都會坐到前排中間最好的座位。」

「如果他來的時候有人坐了怎麼辦？」

「讓座。這已經是漢字國不成文的規矩，哪怕是國王坐在這裡，見了耄耋也要乖乖地讓出座位。而且讓座的人還特別榮幸，能給九十歲的老人做點什麼，是一種福氣。」

「前排右手桌的不是我們漢字國的，他們是北邊拼音國的人，他們倆是……他們倆?!奇哉怪也，他們倆怎麼坐到一起了？」門衛大哥突然就提高了聲音，好像看到太陽從西邊出來一樣。

往下看三個老頭旁邊那桌擺了三副餐具，但是只坐了兩個人，一個身材纖細，翹著腳坐著，兩條瘦弱的長腿特別明顯，頭上戴了一頂帽子，帽子和頭之間還有一個頭的距離，中間沒有任何東西支撐，卻怎麼也掉不下來；他的對面是一個小胖子，小胖子身材就像個球，圓圓的，穿了件燕尾服，長長地燕尾都快要拖到地上，一手拿著煙斗，一邊抽，一邊打著哈欠。兩個人慢悠悠有一搭沒一搭的說著話。

「有什麼好奇怪的？不就是懸空戴了頂帽子？這兩天遇到那麼多稀奇古怪的事，再有什麼我都不會驚訝了。」陶雷聳聳肩。

「我說的不是帽子的事，慢慢看。」

果然，兩個人說話的節奏越來越快，但是看神情都不是很開心的樣子，聲音也越來越大，最後兩人同時霍然而起！

「胡說八道！」

「一派胡言！」

「信口開河！」

「滿嘴跑火車！」

「你是神經病！」

「你是精神病！」

「你去死吧！」

「你就不該生下來！」

兩個人你一言我一語的罵了起來，這一吵其他的觀眾都不得不去關注他們。臺上唱戲的花臉和青衣也被打斷了，全場所有的眼睛都注視著他們。

「哇！」

「呀！」

「啊？」最後一排還有人在喝倒彩。

花臉挺無奈的，本來聽他唱戲的人就不多，這一鬧就完全成了背景，沮喪之餘，自己給自己解悶，走到舞臺最前端，運著念白的腔調問：「你們是看我們的，還是看他們的？」

這一打岔，觀眾才想起來舞臺上戲還演著呢，大家哄堂大笑，氣氛一下子緩和了起來，但是隔空戴著帽子的長腿和燕尾服小胖子絲毫沒有停嘴的趨勢。

「別吵了！注意點！」離著最近的古稀老爺爺呵斥了一聲。

雖然是外國人，吵架的兩個人也知道漢字國的規矩和坐在中間那三個老頭子的地位，臉上都還是忿忿不平，嘴裡的音量小了好多。

「沒事了，沒事了，我回來了。」一個人急匆匆從後面跑了過來，這人個子不高，身材纖細，小胳膊小腿，頭上戴著一頂帽子，也是和腦袋保持一頭的距離，別看他一路小跑，帽子就一直在頭的正上方，怎麼也歪不了，整個看上去就像是吵架的那個人的縮小版。

「我只不過去趟洗手間你們就胡鬧，快先坐下！」顯然，空著的那套餐具是他的。

吵架的二位乖乖地坐下了，態度明顯軟了。不同於被古稀老人申斥的，強制性壓低聲音，這個人的到來似乎傳遞了一種和平的氣息，兩個人從心裡不想再繼續吵架了。

花臉和青衣又開始唱戲，耄耋老爺子也搖頭晃腦的哼了起來，吵架的那桌三個人一起有說有笑，彷彿什麼都沒有發生過。

「是夠奇怪的，剛才吵得那麼兇，現在好的跟親兄弟似的。」

「中間的那個人好厲害，他們是誰？」

「左邊長腿戴帽子的叫j，中間矮個子戴帽子的叫i，右邊燕尾服小胖子叫a。a是拼音國的老好人，基本上所有的聲母都能和他玩的來，但是唯獨j、q、x、r他們四個和a死活看不對眼，絕對的話不投機，一碰到就吵架，後來索性他們就不來往了。」

「你看現在j和a聊得多開心啊，他們三個一起好溫馨喔。」高慧有點不懂。

「那都是i的功勞了。i就像是融合劑一樣，只要有他在，j和a不但吵不起來，還能立刻變成最親密的朋友。他們三個還是拼音國公認的最團結組合、最溫暖組合、最美麗組合，總之他們囊括了所有最好的獎項。我都挺羨慕jia的。」

「哇，真的好厲害，原來i的作用是融合劑啊，我看i可以找個吵架調解員的工作，甭管誰和誰生氣，有他在就都能把話說開，這個世界上就沒有爭吵了，太好了！」

「不可以這樣，i也不是萬能的，他只是能把j和a融在一起，他也有天敵，比如他和h就八字不合，有一次在東市他倆碰上了，結果差點打起來，後來是e過來勸架，硬是擠到了他們中間，hei才陰沉著臉一起回了拼音國。」

「哇！拼音國太有趣了！」高慧聽得直拍手。

「哇？有什麼好哇的，我就不喜歡哇。」門衛大哥口氣有點不對。

「我就是感歎一下而已啊？為什麼不喜歡哇？」高慧被說的一頭霧水。

「你看下面，剛才吵架的時候喝倒彩的就是最後一排中間的那桌。」

順勢往下瞧，那桌也是坐了三個人，和大多數的漢子國國民不同，他們的胸前都只寫了一個字，都是口字旁的字。但是最明顯的還是每個

人都有一張大嘴，足足有半張臉那麼大的嘴。

「他們是誰？」

「他們是來自虛詞區感歎詞坊的啊、呀和哇。他們最喜歡大驚小怪了，總是張著個大嘴亂叫。更可氣的是明明腦子裡空空如也，什麼思想都沒有，還偏要說自己最有內涵，一個啊、呀或者哇就涵蓋了別人的千言

小提醒

你知道嗎？漢字的讀音符號有好多種呢，在很多很多年以前，大家用反切法來標記讀音；在國外，有人用國際音標（IPA）來標記讀音；我們大家使用的是ㄅㄆㄇㄈ這樣的注音符號；還有一種叫做漢語拼音，就是故事裡的j、q、x了，他們長得和英文字母abc很像，但其實讀音和ㄅㄆㄇㄈ是一樣的呢，比如：j、q、x就是ㄐ、ㄑ、ㄒ，所以jia其實就是ㄐㄧㄚ家，如果沒了i，就變成ㄐㄚ，當然要吵架啦。而hei就等於ㄏㄟ，最後黑著臉回了家。

萬語，是最深刻最凝練的語言。簡直是不要臉。」門衛大哥越說越氣。

高慧和陶雷同時沉默了，緊緊閉著嘴不想意外發出任何感歎的聲音惹大哥生氣。

「哇！這麼多，不能這麼算！」樓下傳來了聲音。

在這個節骨眼上又「哇」了出來，也真扯。高慧和陶雷相互皺皺眉，大家一起往下探望。

只見坐前排左邊的人開始吵起來了。一共就只有兩個人，一個大胖子，臉上堆滿橫肉，嘴還沒有擦乾淨，藉著燈光泛起油花，眼睛不大，無辜的看著同桌的人，右手拖著筷子的頂端，左手端著碗。胸前寫著兩個筆劃很多的字，高慧小聲問了句他叫什麼，陶雷也不認識。

對面的人只能看到背影，此人身材頎長，坐姿優雅，左手拿著扇子急急地扇著風，右手一邊指著對面的胖子一邊說話，能看出手指修長有力。因為是背對著他們，所以看不到胸前的字。小二在他旁邊一個勁地勸他消消氣。

全場再一次安靜下來，臺上的青衣和花臉討了個沒趣，只好停下來一起看熱鬧。

「你看，我們兩個人一起來看戲吃東西，所以這次的帳應該我們兩平分才是。」胖子諾諾地說。

「看戲的錢當然是要平分，但是吃東西的錢可不能平均分，你看看你吃了多少，我吃了多少？」說完，那人讓開身子，攤開手心，讓大家都瞧瞧桌子上的碟子。

這一來不要緊，一下炸開了鍋。大家剛才都光看他們兩個人了，這才發現瘦人的前面只有一個碟子，胖子面前高高矮矮堆滿了大半張桌子。

「我就吃了一盤，其他都是你吃掉的，這絕對不能平均分，讓大家評評理。」他環顧四周，希望其他人能幫著說句話。

「啊！」

「哇！」

「呀！」後排傳來的又只是這三個字，然後就沒下文了。

「切，等於什麼都沒說。」門衛大哥沒好氣的說。

整個場面極其寧靜的尷尬了幾秒。

「就應該吃多少交多少錢啊！為什麼沒有人說話呢？」高慧聲音不大，樓下聽得不是很清楚。

「大家都明白這個道理，但是誰都不願意挺身而出趟這趟渾水，都不願意給自己找不必要的麻煩。大人的世界就是這樣，等你長大了就明白了。」門衛大哥還是一幅觀眾的姿態。

「那我們去說。」陶雷躍躍欲試。

在門衛還沒有制止他們之前，樓下有人站了出來。

「說句公道話，每個人都應該為自己的行為和消費買單。你們雖然是一起來的，但是是分餐而食，就應該各自結算。」是第二排最中間那張桌子，也就是坐在耄耋三老後面的客人。

離著胖子他們最近的花甲老人也說話了：「饕（ㄊㄠ）餮（ㄊㄝ）啊，你知道剛才臺上唱的是哪一齣嗎？」

「不知道。」

「你知道剛才臺下發生了什麼嗎？」

「不知道。」

「我也覺得你什麼都不知道，你剛才從頭吃到尾，囚牛才是來好好聽戲的，把你今天這份錢交了，下次去旁邊的大肚漢飯莊吃，哪裡經濟又實惠，適合你。」

他應該把自己的這份錢交了，四周這才傳出支持的聲音。

「好吧，小二，數數我吃了多少。」饕餮臉上開始流汗了。

「一、二、三……」

「都是龍家的孩子，怎麼性格就差的那麼多。」花甲老人補了一句便自顧自地飲茶。

「他們是龍的孩子？一點都不像啊？他們是誰啊？」陶雷問門衛大哥。

「那個胖子叫饕餮，對面那個愛聽戲的叫囚牛，他們都是龍的兒子，龍一共有九個兒子，相貌和性格都特別不一樣。饕餮最貪吃，而且東西不管生熟、不管冷熱、不論多少都能吃下去；囚牛則完全不一樣，他最喜歡音樂，吹拉彈唱無一不會，無一不精。」

「那龍還有七個兒子都是什麼樣子呢？」高慧聽得很新鮮。

「其他的還有喜歡打鬥的睚（ㄧㄚˊ）眥（ㄗˋ）、大嗓門的蒲牢、力大無窮的霸下、喜歡打官司的狴（ㄅㄧˋ）犴（ㄢˋ）、愛冒險的嘲風、能舞文弄墨的負屭（ㄒㄧˋ）、救火隊員螭（ㄔ）吻。」

「他們住在哪啊？我好想看看他們都長什麼樣子。」陶雷也來了興致。

「他們都是龍的兒子，但是並不住在一起，而是分散在各自喜歡的地方，比如螭吻住在消防局裡，睚眥住在鐵匠家，如果有緣分的話你能夠遇見他們。」

「哎呀，怎麼還沒數清楚！」樓下傳來饕餮不耐煩的聲音。

「對不起，對不起，太多了，讓我再數一遍。」小二一邊賠笑著一邊繼續點數，可是吃完的空碟子太多了，桌子又小，真的很不好數。花臉和青衣也沒有繼續開唱，所有的人都看著小二數數，這讓小二的壓力更大了。

「小兄弟，我來幫你吧。」又是剛才坐在三老後面的那個人，這次起身的還有他的朋友。從背影看其中一個身材瘦長，腰杆筆直，就像一根鋼槍一般；另一個個子不高但是看起來異常的結實，彷彿是鐵打的一般。

「他們兄弟出手，這下好辦了。」門衛大哥笑著說。

「他們兄弟是誰？看不到字。」

「個子高的叫秤桿，矮壯的叫稱砣，他們倆是西市的監督員，做事向來公平公道，你們就瞧好吧。」

只見秤桿伸出右手把囚牛面前的碟子平放在手心，然後雙手水平展開，整個人就像一個十字。同時左手的手心也張開，秤砣熟練地將自己的左耳朵撕下來放到秤桿的左手手心。

拖著碟子的右手緩緩地沉了下去，放著秤砣耳朵的左手浮了上來。

秤桿說：「再加。」

稱砣尋思了一下，把嘴張開，將舌頭拿下來放在左手心，這樣一來兩邊平衡了。

秤桿點點頭，放下了碟子，秤砣也把耳朵和舌頭按了回去，秤砣說：「耳朵一百克，舌頭是二百克，一個碟子是三百克。」

緊接著秤桿又把饕餮眼前的盤子一個又一個地疊在右手心，最後都要快疊到二樓去了！秤砣趕忙把整條左臂卸下來放到秤桿的左手上，最後兩隻手沒有平衡，左邊微微向下了一丁點。小二見狀拿起桌子上囚牛的碟子扔到了碟子的頂端，平了！不偏不倚！

秤桿又點點頭，大家開始幫忙把東西拿回到桌子上去。

「我的左臂是三十千克。」秤砣說。

「也就是說你們兩個的碟子加起來有三十千克，囚牛一個人用的碟子是三百克。那饕餮和囚牛各用了幾個碟子？」秤砣慢慢地敘述著。

全場所有人都三三五五的一邊嘮叨一邊計算著。

「囚牛吃一碟子點心，饕餮吃九十九碟子點心！」陶雷喊了出來。

「算得對嗎？」小二求助般地看看秤桿秤砣。

「小朋友，你算得夠快的，完全正確，你叫什麼名字？來，下樓，讓我看看你。」秤桿微笑著說。

於是門衛大哥帶著陶雷高慧走下了樓。

「我叫陶雷，我現在是小學生，馬上就要上中學了。」

「好孩子，那你再幫他們算算每個人應該出多少錢？小二，多少錢一碟啊？」

「十二文錢一碟小菜。囚牛就應該付十二文錢，饕餮的是九十九個十二文錢。」小二答道。

「九十九乘以十二等於……哎呀，沒有紙和筆，先算總價好了，一百乘以十二是一千二百文，再減去十二……小二有紙和筆嗎？」陶雷有點不好意思了。

「一千一百八十八文。」第二排左邊那桌有人說話了。

「真的假的？」

「不用算盤都能算出來？」

「他是天才嗎？」

「哇！」

「呀！」

「啊！」

四周開始議論紛紛。

小二拿來了算盤和紙筆。

陶雷用筆一步一步地算，小二劈哩啪啦的撥弄珠子。

「果然是一千一百八十八！」

他是怎麼做到的！全場都把焦點集中在了第二排左邊那張桌子。

坐在右手位置上的人站了起來，面朝大家，享受著稱讚的目光，和大家點點頭。大家才看清他的胸前不是漢字！衣服中間有一條橫線，橫線上面寫著九十九，橫線下面寫著一百。

「這一點都不難。我是來自分數國的百分之九十九，任何數字只要我看一眼就能知道它的百分之九十九是多少，今天剛好饕餮和四牛吃了一百碟，饕餮吃了九十九碟，我一下子就能算出來了。」

「太神奇了！」大家嘖嘖讚歎。

「好了好了，別張揚了，低調點，我們接著吃我們的，讓他們自己結帳去。」和百分之九十九一起來的兩個人拉他坐下繼續聊天。

陶雷這才仔細看那兩位的胸前也都有一條橫線，他們是分數國的九十九分之一和十分之一。

原來數學那麼有用，以前在學校只是單純地做題做題做題，根本沒想過這還能用在生活中，現在發現會做數學是很厲害的，以後要好好學習數學，陶雷暗想。

「您的消費是一千一百八十八文……快站起來！你怎麼倒了！」小二大喊。

聽到要交這麼多錢，饕餮一頭栽在地上。

陶雷自薦

小二噴了口涼水弄醒饕餮，饕餮痛不欲生的跟著小二去結帳。舞臺下面沒事了，大家又開始聚焦臺上，花臉看看青衣，青衣瞅瞅花臉，連續的被打斷，誰也沒心情再唱下去。

陶雷和高慧對望著，他們想著同一個問題：身上沒有錢。

「算了，算了，好好的戲都聽不完整，真掃興，不聽了，去賭一把。」第二排右邊那張桌子的一位客人招呼另一位客人起身要走。

那兩個人簡直是百分之一百的一樣！

一樣的身高，一樣的胖瘦，一樣的大眼睛，高鼻樑，高顴骨，濃眉，薄耳朵，一樣長短的頭髮，一樣的骨骼稜角分明，就像刀削斧刻出

來的兩個人，還有一樣的衣服褲子鞋子。

外形五官完全相同的兩個人卻能一下就分清楚，即使是第一次見也能非常容易的找到他們的不同點。別看現在他們倆都表情自然，但是你看左邊那位就無端端地感受到一股積極向上地活力，馬上能聯想到勇敢、不服輸這些褒義詞，看著就想去接近他；而右邊那位卻散髮出一股偏執迂腐地戾氣，馬上能聯想到愚昧、保守、不聽勸這些貶義詞，和他保持距離才是最好的選擇。

更奇怪的是一個看起來如此受歡迎的人和一個如此不受歡迎的人還在一起娛樂。

門衛大哥看出了陶雷和高慧的好奇，說：「我們也過去玩一把。」

尾隨著前面那兩個長得一模一樣的人，門衛大哥悄悄和小朋友們說：「他們是頑氏兄弟，一個叫頑強，一個叫頑固。」

「他們長得完全一樣，但是又看起來完全不同。」

「說得好！他們本來是孿生兄弟，長得實在是太像了，剛生下來的時候他們的媽媽都分不清楚誰是誰，後來都要靠衣服上的名字來區分他們。他們哥倆感情特別好，天天在一起吃，在一起玩，在一起睡，永遠是在做同樣的事，所以根本就分不出來。」

「那為什麼現在很容易就能看出來不一樣了呢？」高慧追問。

「你別急啊，他們雖然每天都在做同樣的事情，但是結果可是不一樣的。比如：在他們倆十五歲的那一年，漢字國舉辦了一場越野比賽，比賽分為兩個組，一個是十八歲以下未成年人跑五公里組，另一個是十八歲以上成年人跑十公里組。按理來說當時的他們倆只能夠參加五公里組的，結果他們好說歹說，非要挑戰自己的極限，在成年人組報了名。大家都勸他們不要參加，太危險了。」

「結果呢？」

「這兩個小子可真行！一路過關斬將，穿過了病句叢林，游過了反義湖，繞出了錯別字迷宮，只要再爬上最後的修辭山峰就完成比賽了。」

「他們爬上去了嗎？」高慧特著急。

「在山腳下，所有的觀眾都勸他們不要爬了，山峰不但高還特別陡峭，要是摔下來會受傷的！」

「他們沒有停下。」

「是的，完全沒有，哥倆一步一步往上攀登，征服了一塊又一塊修辭石，眼看再走一步就能到達終點了！」

「他們成功了？」

「這時候飛來了一隻馬蜂，在頑固的腳上螫了一口，頑固痛得腳下一歪摔了下去。頑強走完最後一步到達終點。」

「啊！頑固有沒有受傷啊？」高慧聽得直哆嗦。

「有啊，摔斷了好幾根骨頭，在家裡足足躺了三個月才好。頑強成為了漢字國第一個完成十公里越野賽的未成年人，小孩子可崇拜他了，男孩子拿他當偶像，女孩子把他當做夢中情人。頑固可慘了，每次出門都會有人在旁邊數落說他不聽老人言，吃虧在眼前，從山上摔下來，活該。」

「頑固真可憐。」

「還有呢，比如說去年，傳聞說在西邊二十里的頂平山山下有金礦，於是漢字國好多年輕人都去挖礦去了，頑強頑固兄弟也跟著去了，每人選好自己的一塊地，埋頭開挖。一個月過後，誰都沒挖到金礦，他們的小弟弟頑皮就帶著一批人先回了城，又過了兩個月，還是沒有人挖到金礦，大家喪失了耐性。除了頑強和頑固，其他人都打道回府。城裡人都勸他們倆別浪費時間了，趕緊回家。」

「他們都沒有回去。」

「你真聰明，他們和家裡說不管什麼結果，都會在除夕夜的晚上回家。於是又挖了九十九天，還是什麼都沒有，在除夕夜的上午，頑強挖到了一塊八十斤重的金礦，興高采烈地回家了，頑固還是什麼都沒有，兩手空空地回了家。」

「頑固的運氣總是那麼差。」

「他們回城之後，頑強成了春節七天報紙的頭條人物，被封為漢字國本年度最傑出青年人。而頑固呢，也上了報紙，卻是本年度最愚昧青年人。」

「這一點都不公平！」

「很多事情確實是不公平。總之，這樣的例子還有很多很多，頑強和頑固永遠在做一樣的事，頑強永遠在成功，頑固永遠在失敗。」

「他們的區別只是做事情的結果不同。」

「沒錯，久而久之，頑強習慣了被人們歌頌和讚美，養成了勝利者的姿態；頑固受夠了被人們的嘲笑和譏諷，練就了失敗者的怒容。所以你們會看到五官身材完全一樣的兩個人散發出截然不同的氣息。」

「我平時也很喜歡越野跑步，假如我參加了十公里的越野賽，我會和頑強一起完成比賽，還是像頑固一樣摔下山峰呢，我自己也不知道，那我該不該參加呢？」陶雷問。

「在出結果之前沒有人知道你是頑強還是頑固，如果你真的想知道，就自己去嘗試嘍。」

一拐彎，就到了隔壁廳。廳堂門口站著個捲毛大肚子，嘴裡面含著

塊玉，在舌頭的攪拌下一會兒翻出來一會兒吞回去，煞是噁心，胸前寫著貔（ㄆㄧˊ）貅（ㄒㄧㄡ）兩個字。他見有客人來，趕緊笑臉相迎，用手掌指路：「三位貴客裡面請。」

門衛大哥也沒停留，只是略微抬一抬下巴，就算打過招呼了。陶雷和高慧都不認識上面的字，這半天不認識的也夠多的了，便沒有再詳細詢問。

剛一穿過霍然敞開的大門，混雜著人類汗臭和金錢銅臭的氣味將他們三人擁裹起來。其中有陶雷很熟悉的那種人體因為緊張而散發出來的氣息，一時喚起了考試交卷子前最後兩分鐘的記憶。

廳堂不大不小，錯雜地擺了幾張桌子，每張桌子前都有人，整場圍了大概二三十人的樣子。陶雷從沒來過賭場，高慧也沒有，他們仔細地環顧著左右的人們，賭徒們緊緊盯著桌上的紙牌，似乎光是目光都可以將紙牌撕裂，隨著桌上的紙牌和籌碼交換轉移，人群中發出陣陣排山倒海般地吼叫。

這裡比戲院至少熱了五度。

人群完全沒有注意到他們的存在，卻給他們帶來莫名的的不安和煩躁，高慧本能地抓住了陶雷的手臂。

陶雷回過神來，胳膊黏乎乎的。

門衛大哥掃了一圈，看到頑強頑固兄弟在一張賭桌前，便帶著他倆湊了過去。

骰子。

兩粒白玉豆腐般的立方體在草綠色的賭桌上異常顯眼，和桌沿不斷碰撞中減緩了滾動的速度，卻直線增加了頑氏兄弟心跳的速率，頑固在空中亂揮的手掌彷彿能控制骰子的走勢。

終於停下來了，一個二，一個三，桌後那人不帶一絲喜怒哀樂的喚起：「五點小，莊家贏。」

「哎……」頑氏兄弟和陶雷同時唉聲歎氣。

陶雷也在歎氣？和他有什麼關係？高慧疑惑地瞧著他。

不為別的，一看到骰子陶雷就想起六年級數學課學的求算立方根。為此不得不背下來一到九每個數字的平方是多少，立方是多少，算起來可麻煩啦！更可怕的是老師說期末考試一定有一道題是求立方根，因此一看到正方體就無比的厭惡。

再看賭桌後面通報結果的那人，青衣小帽，細眉小眼八字鬍，胸前寫著荷官兩個字。

「荷官是什麼？管理荷花的大官？」高慧不解地問。

噗嗤一聲，門衛大哥笑了：「荷官就是陪著客人賭博的人，跟荷花可沒有關係。」

頑氏兄弟也笑了，摸摸高慧的頭，暫時忘卻了剛剛輸了錢。

荷官沒有笑，確切地說面目表情連動都沒動一下，平靜地一如他的聲音。

「要一起來嗎？人多，換個玩法。」

「你說怎麼個玩法？」

「不比大小了，兩個骰子加和的可能是二到十二，你先猜一個數字，我擲十次，看看是哪個數字出現的次數最多。」

「有點兒意思。」

「我！」陶雷突然舉起手來。

他的眼睛裡閃出了光華，燈光下整個人看著高了一截。頑氏兄弟不得不重新瞅了瞅這個剛才不起眼的小子。

「怎麼？小朋友，你也想玩嗎？要有錢才行。」

「我沒有錢……」一提到錢，瞬間又矮下去了，「我會玩。」

「小孩子扮家家酒的，還是看著大人玩吧。」門衛大哥也沒當回事。

「我可以借嗎？」陶雷不死心。

「可以，後廳有一間當鋪，你有值錢的東西就能抵押出錢來。」還是平淡如水的語調。

高慧被他一瞬間散發出來的氣勢所震懾，悄聲問道：「你真的會玩？」

「我會！」陶雷特堅定。

「你能贏？」

「一定能贏，可惜沒有錢也沒有值錢的東西，唉。」

「我有！我去換點錢，你能幫我們贏回來嗎？」

「沒問題！你有什麼值錢東西呢？」

「你看，這是我過生日我媽媽送給我的金手鏈，應該能換不少錢。」高慧晃了晃她的手腕，一條盤著金蛇的手鏈在燈光下燦燦奪人。

「真漂亮！一定很值錢！」

「你真的能贏嗎？我不想失去它。」高慧又把手鏈收了回來，似乎又有點猶豫了。

「我不會讓你失望的！」

* * *

萬籟俱寂。

整間房子只能隱隱地聽到均勻地酣睡聲。

比陶雷還要高的檯子後面不知道藏著什麼東西，牆上寫著斗大的「當」字，高慧踮起腳尖才能望到裡面，卻絲毫沒有減弱高檯帶來的壓抑感。

「有人在嗎？我們要當東西。」陶雷喊了一聲，房內蕩出了回音。

沒人應答，但是椅子接觸高臺的脆響打破了空曠的死寂。

「哈——欠——」裡面傳來一個長達十五秒的哈欠。

椅子被扶正了，一個中年男子坐了上來，一個勁地揉著惺鬆的睡眼，好不容易睜開了，露出極其渴睡的大眼袋，不悅的戴上一副老花眼鏡，低頭掃視。

他倆太矮了，他不得不探出小半個身子才能看的清楚，露出胸前的第一個字：「典」。一看是兩個孩子，沒好氣的說：「當——什——麼——」每個字都拉了極長的尾音。

「金手鏈」高慧還是有點不捨得，在空中遲緩了一下，還是摘了下來，放在高高地櫃檯之上。

典當昏昏欲眠的睡眼立時消失了，剛才的睏意也全然沒了蹤影，代之的是狐狸般的貪婪神情。

「當——多——少——」嘴裡的腔調卻一點沒有轉變，長長地尾音帶出那高高在上的姿態令人生厭。

「一萬塊！」陶雷搶先發言，他懂得漫天要價坐地還錢的道理。

典當連眼皮都不撩一下，心裡已經有了數。

「一——萬——塊——不——要——」頓了頓。

「五——百——」

「什麼？才給五百！不當了！」高慧氣的都想打人了！

「等一等，等一等，我再問問的。」陶雷趕緊按住她。

「九千五？」

「一——千——」

「八千五？」

「兩——千——」

「七千五？」

「三——千——」

「六千五？」

「四——千——」

「五千五？」

「五——千——」

「五千二百五？」

「成交。」

然後抬起筆一邊用他獨特的長音念一邊寫著收據：

「兒童手環一件，蟲蝕鼠咬，火燒水泡，鏽跡斑斑。五千二百五塊，二十四小時內可以無利息贖回。」

說完給他們兌換了紙幣，便又倒頭睡下。

「他說的都不對啊！明明是新的金手鏈，怎麼能叫兒童手環呢？也沒被蟲子咬過啊，更沒有被火燒過，被水泡過，我可寶貝它了，哼，他全是胡說！」高慧還是有點生氣。

「這是他們的行業習慣吧，不管怎麼說我們是換到錢了！」

「你真的可以……」

「瞧好吧！」

最後一擲

兩雙篤定堅毅的年輕眼睛，凝視著乳白色上的旋轉斑點。

桌面綠茵如球場般青翠。骰子帶著一桌人的希望不知要跑向何方。速度已經降到肉眼可以辨認上面的數字。

頑氏兄弟繼續緊盯桌面，口中念念有詞。

「六、六，六六大順，六六大順，一定出個六。」

他們用手肘抵住桌沿，縱使心中暗暗使勁，嘴上也只是囁嚅竊語，生怕口氣吹著骰子壞了運氣。

他們對面的荷官也是屏住了呼吸，空舉著擲骰子所用木杯的手，微微發顫。口中同樣唇語般念叨著。

「八、八，八既是發，發既是八，一定出個八。」

在這四平米大的賭桌間，除了骰子摩擦桌子的振聲，竟是靜的可怕。

骰子不斷翻滾著身子。

稍許。

停了。

先是紅色的一。

另一個強弩之末般靠著最後一絲餘力在做最後的變向。

只有吸氣，沒有呼氣。

在他們的世界裡已經可以聽到心臟砰然作響。

又掙扎兩下，不動了。

「耶！」

「哎喲！」

頑氏兄弟動作如出一轍，右拳同時砸在桌面上，兩粒骰子被震得跳起來二尺多高，平平的落下，還是原來的數字。

荷官眉宇間顯現遺憾的皺紋，嘴裡卻仍是不摻雜絲毫感情色彩的報出了：

「一點加六點，第一擲七點。」說完又把七寫在了旁邊的一塊白板上。

「耶！」陶雷用小拳頭猛捶自己的胸口，大口的喘著氣，「中了。」

別看剛才一直蠻有把握，自信滿滿，當把五千塊錢當做賭注放在桌面上，荷官搖起手中木杯的瞬間，恐懼像一條蟒蛇從腳心急速蔓延至頭皮，黏稠的體液布滿整個身體，每寸肌膚沁冷如冰。

頑強下注五千塊，押六；

頑固下注五千塊，押六；

陶雷下注五千塊，押七；

莊家下注五千塊，押八。

合計兩萬塊錢就堆在旁邊，買定離手，已經沒有回頭路了。

很幸運，第一擲是七，陶雷中了，高慧興奮地在旁邊一邊跳一邊鼓掌，還順道拍了他肩膀一下：「你真行！」

陶雷的心裡卻並沒有開心起來，這和想象的一點兒都不一樣！

原來以為這只是個遊戲，和平時小朋友們一起打撲克，猜拳沒什麼分別，不論輸贏都能嘻嘻哈哈笑出來。然而站在桌前，贏就是巨額現金，輸了就把高慧的金手鏈弄沒了，勝負之間天差地別。

桌上兩萬塊錢現金明晃晃地躺在那裡看起來一點兒都不安靜，似是伸出食指勾著他動手去拿。陶雷低下頭不想去看，卻又瞥見高慧空空的手腕，缺失的那條金手鏈宛若無形中綁住了胸口，勒得難以透過氣來。

「來來來，快點第二下。」雖然第一次沒有中，頑固眼中噴射出的目光極為興奮，彷彿能點燃空氣。

荷官也不搭話，將兩粒骰子收進木杯，左手擄緊了右手袖子，熟練地搖了起來。當感覺到骰子以均勻地頻率在杯內運轉時，倏地一撒手。骰子如脫韁的野馬向相反方向奔馳在賭桌上，賭桌上方的空氣霎時停滯，緊張，空曠且冰冷。

十二隻眼睛穿梭在兩個骰子之間，不停地撲捉著上面展現出來的數字，即使在落定之前這完全沒有意義。好像用眼神就能操控骰子停到自己心中的數字。

飛向右手邊的骰子連續打了三下桌沿，速度直線降了下來，滾到中心時停下來。

日本國旗一樣的紅色一。

「倒霉！」一貫鎮定的荷官也忍不住喊了出來。即使是另一個骰子擲出最大的六點，加起來也不過是七點，這一輪他已經提前出局了。

在場的沒有一個人聽得見荷官喊的是什麼，因為那第二粒骰子還在翻滾。

「五！五！」

「六！六！」

頑氏兄弟和陶雷高慧默默地祈禱著下一秒的結果。

又是一面日本國旗！

「哎喲……」六個人都長出一口氣，

「一點加一點，第二擲兩點。」荷官又拿起白板，在七的旁邊寫下了二。

這一輪誰都沒猜對，也就是打成了平手，誰也沒吃虧，還是陶雷領先一次。

頑氏兄弟不是第一次來賭坊，似乎對這樣的結果還算滿意，掃了荷官一眼，示意繼續。

陶雷的胸膛仍在砰砰作響，右手臂已經徹底濕透了，這次高慧並沒有抓住他的手臂。

又是五次針落有聲般的肅殺寂靜。

又是五次火山爆發般的嗟吁嚎吼。

白板上有了新的變化。

「七、二、六、十、五、六、八。」

頑氏兄弟激動地手舞足蹈。

荷官臉色比骰子的底還要白。

陶雷不言不語，癡癡地望著荷官不知所措。

荷官拿起了木杯，嫻熟地搖了幾下，手指大的骰子彷彿在杯中有千斤重，不似之前搖到均勻，這次荷官很快地便出手了，兩粒白玉豆腐以同樣方向跑入桌上，奔騰至低端，重擊桌沿後在空中彈起三尺多高，在場每個人的心也隨著骰子忽悠一下彈入了天空。

「咣噹」兩聲重重，砸在桌面上，巨大的衝擊力讓它們又反覆彈起了三四下，沒有太多的翻滾，停了下來。

藍色的二。

紅色的五。

七點。

心也跟著落地了。

「兩點加五點，第八擲七點。」

荷官的白板快寫滿了。

現在完成的八次裡有兩個七、兩個六、一個八，陶雷和頑氏兄弟齊頭並進，荷官少一次。

這一次沒有人歡呼也沒有人歎氣，但是每個人的額頭都暴露出青條，眼睛里也布滿了紅線。

遊戲進行到了白熱化的時候。

多說無益。

荷官頭上涔出的冷汗滴落在脖領之上，他完全沒有在意，麻木的第九次搖起木杯，送骰子進入賭桌。然後垂手而立，凝視著最終結果。

頑氏兄弟捏緊拳頭，每個指尖都充溢著殷紅色，後背不同面積的陰了一大片。

陶雷眼前的草綠色忽的變得朦朧起來，檯面上的骰子消失了！略微抬頭也發現四周模糊一片，看不清有任何人存在。

如金屬劃過玻璃的刺耳聲音過後，周遭安靜的澈底而純粹。

腦袋昏昏沉沉的直往後墜，似乎倒下就可以睡著了。

說不出的意識在心底死命告訴他不能睡下，彷彿睡下就再也起不來了。

周遭的虛影也漸漸融化成漆黑一片，他嘗試著睜大眼睛，可還是什麼也看不到。

聽覺和視覺在與他的軀體漸行漸遠。

他嘗試著揮舞手臂，可怎麼也使不上力氣，拼盡全力也只有指尖稍稍移動了半分。

腳下的大地開始搖晃，雙腿綿軟地不能控制平衡。

綿軟地不止是雙腿，整個人越來越輕，越來越舒服。

彷彿躺在巨大的棉花堆裡，馬上就要融為一體了。

頭皮擋不住了。

有一部分已經飄了出來。

心底最後一絲呼喚：「回來！」

還是控制不住了。

陶雷感覺到自己離開了身體。

「陶雷！你怎麼了？」

霍然一股雷電殛至頭頂，腦袋劇烈疼痛了一下，餘電在頭皮上蔓延擴散。

周遭的世界漸漸開始清晰，喧鬧聲逐漸灌入了耳廓。

全身上下猶如水洗過一般，頭頂痲痲地不能動彈。

「陶雷！你還好嗎？」高慧在旁邊扶著他，關切的問。

「發生什麼了？」陶雷也丈二和尚摸不著頭腦。

「你搖晃了兩下，身子就往後要倒。」

「真的嗎？」

「騙你做什麼？」

「我自己什麼都不知道，站的太久了，有點累了。」

「至於嗎？」

其實陶雷自己心裡明白，這是剛才太緊張了，比參加考試還要緊張一百倍！他感覺到自己離開了身體，貌似這就是靈魂口中說的靈魂出竅，那一刻真的好舒服，不過幸好關鍵時刻高慧把他拉了回來，不然真的要變成行尸走肉了！

「五點加六點，第九擲十一點。」荷官的聲音再一次把他喚回現實，即使有所缺失，他也能自行補上錯過的片段。

遊戲還沒有結束。

兩個六，

兩個七，

一個八，

一個機會。

塵埃落定之前，

一切皆有可能。

骰子帶出節奏混亂令人牙酸的晦澀聲響在木杯中滾跳如兔。

荷官深吸一口氣試圖壓制住顫抖的手臂。

已經是第七圈了，兩粒骰子還不能在離心力的控制下平穩運行。

十隻眼睛在他的手和臉之間來回掃蕩，頭頂的壓力又激增了一倍。

他放棄了，沒有等像平常一樣搖至均勻再帥氣瀟灑地送入賭桌，而是在骰子還沒掉入地上使自己顏面盡失之前倉皇一投。

骰子像無頭蒼蠅般在二維的賭桌上進行著三維活動。

連蹦帶跳的還有在場每個人的心房。

其中一個躥蹦了幾下撞到桌沿後反彈至中心，疲憊的不動了，袒露出上方三個鮮紅的圓點。

都還有機會。

焦點迅速集中到了另一個身上，它的勁頭更足，第一次觸壁後，所有向上的力量都轉化成水平方向，在第二次變向後速度才開始減弱。

不偏不倚，第二粒在餘力所剩不多的時候居然撞上了第一粒骰子！

向後翻了一個跟頭後靜止不動。

熾熱的，腥膻的，狂躁的三個圓點。

沒有頓足捶胸，沒有仰天長嘯，亦沒有喜極而躍。

只因沒有結束。

原本坐定的第一粒骰子在第二粒的撞擊下搖搖欲墜。

一條邊似天平般立於桌面，感受著衝擊力和自身重量的殊死搏鬥。

窄窄歪歪，晃晃悠悠。

一頭栽到。

冷峻的，鹹澀的，沉謐的四個圓點。

沒有頓足捶胸，沒有仰天長嘯，亦沒有喜極而躍。

只因不敢相信。

「三點加四點，第十擲七點。」荷官的聲音恢復了職業的平淡如水，人反而放鬆了下來，拿起白板將最後一格寫滿。

「嗷！我們贏了！」高慧跳得可高了。

陶雷僵硬的上揚了嘴角，還是沒有接受勝利的事實，似乎剛才發生

的一切只是一場幻夢。

更接受不了事實的是頑氏兄弟，眼看到手的鴨子飛走了，他們口中不住謾罵著，手上指指點點的，心中更是一遍又一遍回憶著從三翻到四的不堪瞬間，更希望這最後一刻的變化只是老天爺開的玩笑。

「本次賭局的結果，共十輪，每輪數字如下：

七、二、六、十、五、六、八、七、十一、七。

累計出現：

二：一次

五：一次

六：兩次

七：三次

八：一次

十：一次

十一：一次

最終獲勝的是這位外國小朋友。」

蓋棺論定，荷官公布了結果。

頑氏兄弟也很大氣，願賭服輸，拍著陶雷的肩膀說：「小兄弟，運氣不錯，恭喜你！」

陶雷還沒緩過來，只是唯唯諾諾本能地道了幾句謝謝。

荷官把兩萬塊錢鈔票雙手遞到他面前，熟練地說：「這筆錢您可以領走了，也可以繼續當賭注，請問還要再來一把嗎？」

「不了不了！我們走了。」

陶雷拿了錢一溜煙兒直奔當鋪。

＊　＊　＊

「噹噹噹噹」的跑步聲帶出回音驚擾了當鋪剛恢復不久的祥和。

「我們回來了！我們要贖東西！」高慧和陶雷直接衝到櫃檯前，他們知道裡面有人。

典當還沒睡安穩呢就又被叫起來，很是不悅，也沒有辦法，重重的哼了一口氣，慢條斯理地從地上爬起來，整理一下衣服，坐上了高腳椅。

探著身子往下一掃，又是他們兩個。

「贖——什——麼——」

「剛才我們抵押的金手鏈。」

「什——麼——金——手——鏈？不——知——道——」

「就是剛才抵押的啊，你還說二十四小時內贖回沒有利息，你看我們有你給我們的收據，上面寫著是……」

「兒童手環……」高慧不滿意地一努嘴。

「哦——我——查——查——」典當拿出帳簿翻了一頁，其實他記得可清楚了。

「有——五千二百五十塊——」

「給你錢還有收據。」陶雷數出剛好的鈔票和單子一起遞了上來。

「等——」

他回頭去倉庫裡找回了金手鏈，一手錢一手貨換給了高慧。

高慧拿著失而復得的寶貝滿心歡喜，趕緊戴回了左手手腕。

看著金手鏈的釦環扣好，陶雷才感覺身上捆綁自己無形的那條繩索終於被解開了，同樣的空氣，此時更新鮮。

手上還有一萬五千塊錢。

後知後覺地意識到自己贏了！賺到錢了，應該誇張的大笑才對！

笑容還沒有及時綻放，高慧就問道：「好驚險啊，差一點就輸了，都嚇死我了！你是怎麼就知道最後能是七呢？玩之前看你那麼自信，你是不是偷偷用什麼辦法讓它最後翻了呢？」

「啊！其實是……」陶雷支吾了一下。

「快說嘛，還有什麼好藏著不告訴我的，我這麼相信你，我都把最寶貝的金手鏈抵押出去了，你還有什麼祕密不能說？」

「不是啊，沒有不想和你講，只是不好描述，等等我去拿支筆，弄張紙給你解釋。」

陶雷去旁邊一張桌子上拿了鋼筆和一張廢紙，開始講解。

「其實吧，是這樣的，我們上個學期數學課學習了分數，這學期又學到了機率，就在上個禮拜我們做了這樣一道練習題：就是問同時扔兩個骰子，兩個骰子的加和可能是二到十二，每個數字出現的機率是多少？」

「噫，這不就是剛才賭博玩的遊戲嗎？」

「對！一模一樣！」

「那機率是多少啊？」

「我們假設兩個骰子一個是骰子甲，一個是骰子乙，假如我想它們加在一起的和是二有幾種可能？」

「只有一種可能，兩個骰子都是一點，加和才可能是二。」

「非常好！那如果我想兩個骰子的加和是三呢？」

「那需要一個是一，一個是二，不過有可能骰子甲是一，也有可能骰子乙是一，所以是有兩種可能？」

「答對了！那如果我想要它們的加和是四呢？」

「可以是一和三，二和二，三和一，三種可能。」

「算的真快！」陶雷一邊誇她一邊列了個表格，把數字都寫了下來，「再說說五。」

「一和四，二和三，三和二，四和一，四種可能。」

「聰明！該說六了。」

「一和五，二和四，三和三，四和二，五和一，五種可能。越往後可能性越大耶！」

「不一定呀，繼續往下算，是我們贏錢的七。」

「一和六，二和五，三和四，四和三，五和二，六和一，六種可能，比六要多一種！怪不得我們能贏呢。」

「哈哈，在算算荷官押的八。」

「二和六，三和五，四和四，五和三，六和二，沒了，五種可能，可能性變小了啊，真的不是越大越好，我再算算剩下的。」

「九有四種可能，十有三種可能，十一有兩種可能，十二只有一種可能。我明白了！兩個骰子擲出七的可能性是最多的，所以你剛才那麼有把握說你會玩！」

「當時確實是這麼想的，現在回想真的是好可怕，機率高只能說明出來七的可能性大一些，並不能確定一定是七，剛才就真的很懸啊，差一點就輸了，如果最後是六，金手鏈拿不回來了真不知道該怎麼辦了。」

「我還是覺得你挺厲害的，我一直以為賭博全是看誰的運氣好，現在發現原來是有數學在裡面的，以後我也要好好學習數學，不知道什麼時候在生活中就能用到了。看完你分析的結果，七真的是最有可能贏得數字了，你要不要再去玩一把，這次還押七？」

「不要不要！我絕對不去了。從我剛開始上學起老師和爸爸媽媽就告訴我們不可以去賭博，但是沒有體驗過怎樣都不明白那種心情，在幾分鐘裡，用一個遊戲就能決定那麼多錢的歸屬，太不可思議了。而且你不知道剛才玩的時候我有多緊張，我是有多想時間倒退回去，不參加這個賭局，現在雖然贏了，但是我一點兒快樂的感覺都沒有，只是覺得全身一點兒力氣都沒有，什東西都不想吃，也不想喝，只想找個地方躺下好好休息休息。」

他歎了口氣，又說：「這是我第一次，也是最後一次賭博。」

此果非果

天空變得爽朗，包含在大氣中豐饒的薰衣草香味和水蒸氣，讓人覺得舒暢，愜意。

月亮出來了。

皎潔，貓爪般的上弦月。

弦月把濃濃的月色傾灑在庭院中。

「真美！」高慧不禁清了清喉嚨。

一面泡著溫泉，一面唱起波斯歌謠。

音色柔美的歌聲，宛若是含著花香的無形花瓣融化在盛夏的薰風裡，悄然滑入氤氳的大氣當中。

陶雷的表情幸福無比，失神雙眼仰望著上空，彷彿在尾追殘留在夜氣中的歌聲餘韻。

門衛大哥打濕了一塊細羊毛毛巾，疊成長條狀搭在額頭上。展開雙臂，用最放鬆的姿勢靠在池壁上，順手在銀質托盤中拿了一顆去核兒金絲蜜棗，再用琉璃杯中的醇濃葡萄汁服下。

甜，從喉嚨中央貫穿腹腔，甜到了腳趾，甜的發膩。

環顧四周，青磚灰瓦，朱漆紅牆，檐（ㄧㄢˊ）牙高啄，雕欄畫棟，大號的四合院落。庭院當中的溫泉池子還空著五個，池子旁的太湖石上用硃砂毛筆寫了一個「湯」字，剛才那個女孩子還很驚奇地說這裡根本不是能喝的湯，明明就是溫泉水，為什麼要寫個「湯」字？我都快笑破肚皮了，真是好笑死了，但是那個小男孩卻一點反應都沒有，沒有幽默感，木頭腦袋，弄得我一個人笑的好尷尬。

那兩個小朋友也是我見過最厲害的小朋友了，用了不到半個小時就賺了一萬五千塊錢！我的天啊，我一個月的薪水都沒有這麼多！

來這裡不是一次兩次了，從來都沒有奢望過在快活樓最頂級的小院裡住上一宿，看著裡面古樸清幽的建築，人間仙境般的溫泉，還有庭院中每一件器皿，都彷彿身處帝王才能享受的行宮別院。

兩個小孩子真夠意思，說要請我吃飯和住宿來表達對帶他們周遊大半天的感謝，看了價目表就直接選最好的，勸都勸不住，理由是我帶他們去的都是漢字國最精彩的地方，現在有了能力也要請我去享受最好的東西，將心比心，有良心的小孩兒長大了一定有出息。明天他們倆可以去……

想到這，門衛大哥的思緒忽然被打斷了，隨聲觀望。

小朋友們發出了此起彼伏的鼾聲。

四合院內草叢沾滿晨露，在殘月未闇熾陽未至的蔚藍晴空中點點發光。宛如天上未來得及散去的星辰棲宿在每一滴露水之中。

陶雷和高慧分別躺在溫泉池旁的鵝毛軟榻上，睫毛軟軟的垂了下來，呼吸變得輕緩柔和，絲毫沒有醒過來的跡象。身上的羊絨薄被只蓋住了肚子和前胸，四肢都不耐熱的鑽了出來。

當他們醒來，一定會感到驚奇，意識中的最後一幅畫面還是定格在溫潤凝滑的溫泉池中，現在卻大喇喇睡在旁邊的床榻上，還蓋了被子？

沒錯，門衛大哥把他們一個一個輕輕撈上來安放好才自行睡去。

傾許，名詞坊外西市旁邊的鼓樓上，第一聲報曉鼓敲響，各條南北向大街上的坊間鼓樓依次跟進。隨著隆隆鼓聲自內而外一波波傳開，皇宮的各大門，兩大區十二個里坊的大門，東西市的大門，都依次開啟。同時，城內每一所寺廟，每一間道觀，也會敲響晨鐘，激昂躍動的鼓聲與深沉悠遠的鐘聲交織在一起，喚醒整個漢字國，共同迎接從東方天際破雲而出的朝陽。

第一輪報曉晨鼓三百下，三個人都恢復了意識，門衛大哥早就習慣了每天五通的晨鼓叫早，眼一闔，扭頭繼續睡去；高慧和陶雷嫌吵，尤其是高慧，把身子側過來，一隻耳朵貼在床上，用薄被捂住另一隻耳朵，才得以繼續睡她的安省覺。

大約二十分鐘過後，第二輪鼓聲打起，門衛大哥還在睡夢當中完全不受影響，高慧和陶雷再次被吵醒，心中不爽，只有等著鼓聲結束，這比家裡的鬧鐘還要可惡，鬧鐘按一下就可以再無噪音高枕無憂，院外的陣鼓卻完全不知道還有幾次，多久一次，一次多久。這次醒來除了鼓聲還有在身邊的腳步聲，能聽出來在小心翼翼地往身旁擺放東西，是管家送來的牙刷、牙膏、一缸子漱口水，還有毛巾、臉盆、洗臉水。殊不知只有頂級套房才會享受到這樣貼身的人性化服務，而且小二都沒有資格來伺候這間房的客人，只有管家才可以。

第四通鼓開始做聲後，門衛大哥直接起身，這是他每一天起床的時間，即使沒有鼓聲，多年來形成的生物時鐘也會把他彈出暖床。陶雷和高慧在被反覆吵醒四次後，終於是被折磨的受不了了，放棄了抵抗，全身一骨碌，都坐在了地上。

「噫？我怎麼在睡在這裡？」

「我也是啊，昨天好像是在溫泉水裡睡著的，莫非我們都夢遊了嗎？」

說完他倆同時把頭轉向門衛大哥。

「是夢遊啊，你們倆睡著了之後就在水裡一直游泳，游啊游，游了幾圈之後就游上岸，摸到被子就躺下睡覺。」

他們從門衛大哥沒收住的笑意中看到了謊言。

「你騙人！我們才沒有睡覺游泳呢。」高慧一語道破。

「謝謝你啦，把我們搬到床上去睡覺，睡得真舒服呢，身子輕鬆了好多，現在可有精神了。」

「哈哈，休息的好就不冤枉住在這麼好的地方，我還是要先謝謝你們了。快點去洗臉刷牙吧，昨晚我想好了今天你們可以去哪玩。」

「可是，門衛大哥，我們該回家了，我們得去打聽臺灣和波斯怎麼走。」昨天晚上的西市、鼓樓和快活樓都太精彩了，以至於陶雷差點忘了他們是來做什麼的，這一覺醒來就全湧上來了。

「嗽，對呀，你們是要回家的，不過別管去玩還是回家，都要刷牙漱口洗乾淨，然後吃早飯！別磨蹭了，快去。」

陶雷和高慧乖乖地去洗漱，清涼的井水敲擊迸發出清脆的音符，孩子們藉此迎接在惑瘋大陸的第二個清晨。

管家一直守候在四合院外面，聽著裡面聲音差不多，應該是梳洗已畢了，敲門進來，先是收拾乾淨，再堆著笑臉問：「三位貴賓，今天早飯吃點什麼啊？我們快活樓準備了小籠包子、油條、油餅、蘿蔔糕、麻花、蛋餅、茶葉蛋、煎餅果子、餛飩、豆漿、小米粥、大米粥、綠豆粥、紅豆粥、八寶粥、皮蛋瘦肉粥、榨菜、薺菜、醃菜、泡菜等多種鹹菜，您想點哪個呢？」

「哇！你都可以去說相聲了，一口氣報了那麼多菜名，我都記不住了，我要牛奶。」

「對不起，沒有牛奶。」管家一臉歉意。

「哈哈，說了那麼一長串你還能點出一個沒有的。」高慧笑的前仰後合。

「一般的地方都有嘛。」陶雷撇了撇嘴。

「給我來一份小籠包子，一個茶葉蛋，一個麻花，再加一碗餛飩。對了，還要一碟八寶醬菜，有吧？」門衛大哥肚子已經開始叫了，一口氣點了好幾樣。

「好，這些都有。你們倆呢？」反正最後有人結帳，管家也沒有勸他少點些，別浪費，頂級套房裡只需要按吩咐做就好。

「我要一根油條，一張甜油餅，一塊蘿蔔糕，一碗豆漿，一碟芥菜伴涼絲。」陶雷一口氣也點了好多。

「稍等一下。」老管家拿出筆把他們兩人要的早餐一一記下。

「該你了，小姑娘。」

「恩……」剛才管家說了一大串，裡面有些是她沒有聽說過的，有些是她聽過沒見過的，但是又不好意思去問，就憑著名字來選擇了，

「我要一個煎餅果子，一個蛋餅，一個紅豆粥。」

老管家提起筆猶豫了一下。

陶雷趕忙說：「她要一套煎餅果子，一張蛋餅，一碗紅豆粥。」他知道高慧的漢語還沒有好到像母語一樣精確，量詞的使用難免會弄混，所以這次就都用最常用也是最萬能的個來說，就馬上幫她描述。

「還有沒有其他的了？」老管家最後看著他們三人。

「沒有了，就是要快！」三個人異口同聲道。

「沒問題，你們的一定是最快的！」說完，老管家一溜煙小跑出了庭院。

遠處天邊的雲堆間，露出紅色光華。映襯在泉水表面，閃出淡淡地金光，高慧低下頭，凝望著池中自己隨風波動的俏影，紅裡透白的小臉，昨夜弦月般的彎眉，又用手梳理了幾根飄散在外的亂髮。

整理完畢，池中麗影滿意的笑了。

陶雷全然不顧晨曦的侵擾，又插空躺回軟榻，試圖再來一場回籠夢。門衛大哥自顧自地做著晨練，舒活舒活筋骨，拉伸拉伸腰腿。

「早飯來嘍！」離著老遠就能聽見老管家中氣十足的吆喝聲，生怕貴賓們等的著急。

一輛裝飾精美的小推車帶著豐盛地醒晨大餐快速卻又平穩地駛入四合院內，老管家先對著他們笑了笑，彷彿對自己的速度很滿意，然後拿起手中的單子來分配：「小門，這是你要的一份小籠包子、一個茶葉蛋，一個麻花，一碗餛飩和一碟八寶醬菜。」一邊念著，一邊把吃的端到走廊上的一張矮几之上。

「然後是男孩子的一根油條，一張甜油餅，一塊蘿蔔糕，一碗豆漿和一碟芥菜伴涼絲。」端完還對稱的放好筷子、湯匙、刀叉、紙巾。

「別著急，小姑娘，這是你的一套煎餅果子，一張蛋餅和一碗紅豆粥，這一袋裡是糖，請慢用。」說完便開始收拾院子。

陶雷和門衛大哥都開始吃了，高慧卻遲遲沒有下嘴，只是用筷子翻翻蛋餅，戳戳煎餅，面色有點奇怪。陶雷看她不對勁，趕緊問她：「你怎麼不吃啊？不餓了嗎？」

「不是，我點的就是這些嗎？」

「紅豆粥，蛋餅，煎餅果子，都在啊。」

「我看到煎餅了，果子在哪啊？什麼水果都沒有啊！」

噗嗤一聲，陶雷笑的把嘴裡的豆漿噴了出來。

「不許笑！」高慧雖然不明就裡，但知道肯定是被坑了，雙手叉腰瞪著眼叫陶雷解釋。

「你看煎餅裡面的薄脆，就是那個油餅一樣的東西，就是果子了。果子就是一塊炸好的油餅，和水果沒有關係。」

「這是什麼破名字！沒有道理的嘛。那就該叫煎餅油餅，或者叫煎餅薄脆，我就是聽他說的裡面有果子才點了這個東西，人家是要吃水果的嘛，哼！騙人。」高慧撅起嘴表現出不開心的樣子，其實心裡並不是很在意。

老管家在一旁搭話：「有水果，您等著，一會就來。」說著，又跑了出去。

「那你給我說說，這個油餅為什麼叫果子？」高慧追問。

「因為……」陶雷一時語塞。

「你知不知道？」

「我……其實……」

「哈，原來你也不知道，還敢笑我！」高慧得意了。

「我覺得是因為……」陶雷真的不知道，臨時想編一個理由，但是還是想不出來。

「你到底知不知道？」高慧窮追猛打。

「我不知道。」陶雷放棄了，臉上一陣青一陣白，很不自然。

「那就不許笑我！」高慧扳回了一陣，煎餅果子嘗起來也比想像的好吃多了。

知其然知其所以然。

老師常說的一句話迴盪在了耳邊。

陶雷有時候讀書做題不求甚解，知道個大概就跳過去了，所以經常

在回答問題的時候能說出一些要點，卻總不能解釋具體的原因。老師就經常用「知其然知其所以然」來教訓他，他卻向來不以為意，還常常滿足於自己知道的不少。

這次在高慧面前丟了人，弄得好沒面子，才開始體會到老師說的話，暗想以後再有不清楚的東西一定要趕緊弄明白，不能再似懂非懂了，再也不要被人問倒。

然後便都悶頭吃飯，誰也沒有再講話，飯後剛好總管送來了新鮮的果籃，給豐盛的早餐畫上甜美的句號。

當狼藉的杯盤被清理一空的時候，第五輪晨鼓敲了起來，可是除了遠處傳來激昂地鼓聲，近處院外路上竟是毫無聲息。不同於往日白天，人們相見打招呼，車馬的過往，喧鬧不已，街道充盈著活的氣息。

門衛大哥感覺出不對勁，眉頭間擰出了個問號，帶著陶雷和高慧走出快活樓。

街上正如頭輪晨鼓響之前，寂靜肅然，詭異的叫人覺得可怕。門衛大哥喚出小二問道：「今天是怎麼回事？街上一個人都沒有，到底發生了什麼事情？」

「您瞧瞧，我們這客房舒服的都把您睡糊塗了不是？今天是那幫新人類遊行集會的日子啊！三輪鼓之前大家都跑過去遊行了，要不是我要值班看店，我也過去湊熱鬧了。」

「啊！約定的是今天啊，我都給忘了！我這就過去。」門衛大哥一拍腦袋，一副恍然大悟的樣子，「我們出發了，快跟我走。」

陶雷和高慧還沒明白怎麼回事就被一手一個拉著往北邊健步如飛。

「我們要去哪啊？發生什麼了？」高慧趕著問。

「去皇宮那邊，今天要出大事了。」

繁簡之戰

門衛大哥帶著陶雷和高慧才走到東西市的中間，就看見正前方晃動的無數白旗，在皇宮燦金屋頂前尤為顯眼。

門衛大哥更是加緊了腳步，抓住陶雷和高慧的手都不自覺增強了力道，兩個小朋友不得不也快步跟上，三人迅捷的步伐踏過青磚路面，濺起朵朵土花。

很快便到了皇宮正前方的廣場上，偌大的廣場上密密麻麻站了上千人。

上千人。上千張嘴巴，嘴角整整齊齊地指向了大地，能看透裡面緊咬的牙齒。上千雙眼睛，露出憤怒和輕蔑的神色。上千雙手，拿著上千展白旗。

上千人被分成了兩半，西邊的人略多一些，他們的旗子上都繪了大大的「繁」字，東邊的人略少一些，他們手裡的白旗繡的是大大的「简」字。雙方之間被一種無形的東西，分割出一條界線。

一種名叫「仇恨」的東西。

「要開始了。」門衛大哥喘了口氣，胸膛還在小幅度地起伏著。

「到底發生了什麼？怎麼看著像是要打架啊？」陶雷問。

「不是打架，不過也差不多了。」

「給我們講講，究竟怎麼了，誰是新人類？」高慧特別好奇。

「事情是這樣的，我們漢字國成立很多年了，繁衍生息，除了一百年前和字母國有些小小的不愉快，一直是平平安安的。就在幾十年前，國家裡面出現了這些新人類：他們和漢字國原有的一部分人相貌體型一模一樣，性格秉性也一模一樣，就連會的技能也一模一樣，可以說百分之九十九點九的一樣。」

「不一樣的百分之零點一是什麼呢？」

「是他們胸前的字。他們胸前的字比我們原住民的字筆劃要少很多，比如你看我。」說著，他拉直了衣服，好讓他們倆看得清楚，「我是門衛，我胸前的門就像是漢字城的城門一樣。」

「確實很像。」

「但是新人類的門就不這麼寫，只有一個點，一個豎和一個橫折鉤就寫完啦！一共才三劃，才三劃！也太偷工減料了吧。」越說越生氣。

「那麼少！」陶雷驚歎。

「那不是很好記住了？」高慧囁嚅道，這聲音只有她自己聽得見。

「後來為了區分我們和他們，就把原住民稱為繁體字，把新人類稱為簡體字，所以你看在西邊的人手裡旗子上都寫著繁字，東邊的人手裡的旗子都寫著簡字。」

「很明顯西邊的人多。」

小提醒

漢字國和字母國的不愉快是真的喔！在五〇年代初期，有學者提議廢除漢字，改用西方拉丁字母來代替，語言學大師趙元任先生寫了一篇《施氏食獅史》，通篇九十二個字全是ㄕ的發音，藉此對提議表示反駁。

文章如下：石室詩士施氏，嗜獅，誓食十獅，氏時時適市視獅。十時，適十獅適市。是時適施氏適市。氏視十獅恃矢勢，使十獅逝世。氏拾是十獅屍，適石室。石室濕，氏使侍拭石室。石室拭，氏始試食是十獅屍。食時始識十獅屍，實十石獅屍。試釋是事。

你看，只有ㄕ一個讀音就能講出一個小故事呢，漢字國的國民可是揚眉吐氣了一把。

「是的，因為並不是每個原住民都有和自己——對應的新人類，有些原住民本來就很簡單，所以就沒有出現他們的簡體字，比如：你看人字，他本來就只有兩劃，還能怎麼簡單？再簡化就沒啦！」

「大家不能和平相處嗎？」

「不能！他們太可惡了！你知道他們說什麼？有的簡體字說我們能做的事情和他們一樣，但是筆劃那麼多，麻煩的要死，就應該從世界上消失！被放到歷史博物館裡！這個世界是留給年輕人的！你聽聽多可氣！」門衛大哥說的都氣的有點顫抖了。

「那你們是怎麼反駁他們的呢？」高慧壯著膽子問。

「當然不能和他們客氣了，那幫乳臭未乾的小毛孩子。我們一致認為他們就是假貨、冒牌貨、水貨！在簡化的過程中減掉了文字中的故事、內涵、歷史。他們是一群沒文化，降低了我們漢字國的水平線，就應該被趕出城門，永遠不許踏入城郭一步，在荒野中自生自滅，被遺忘在歷史的長河裡。」門衛大哥說的義憤填膺。

「那麼……那些沒有對應簡體字的繁體字怎麼辦呢？不管誰被留下，誰被趕走都和他們沒關係，他們是站在哪一方呢？」

「他們呀，哎呀……這還真不好說，三派都有。」

「怎麼又變成了三派？」

「有一部分人站在我們原住民這邊，認為還是初始的這些人最好，也有一部分人認為新人簡單，就應該做事往前看，還有一部分站在中間，事不關己高高掛起。但是大體來說還是幫助原住民的多，畢竟大家抬頭不見低頭見，老鄰老居這麼多年了，不看僧面看佛面，在有困難的時候還是要幫把手，有些人即使心裡想著投靠到簡體字那邊，但是礙著這麼多年的面子也不好開口，最多就是不出聲罷了，所以你看明顯還是西邊原住民的人數多。」

說話間，兩邊似乎該來的人都到齊了，站的更緊湊了一些，手中的旌旗也不再向剛才東倒西歪般亂晃，慢慢地安靜了下來，偌大的廣場肅殺的讓人毛骨悚然，門衛大哥也警覺地閉上了嘴，生怕引來兩邊的注意。

晨陽鑽出霞蔚的懷抱，照射著漢字國的灰磚街道，縮短了每個人的陰影。每一展旌旗，在陽光下反射出猶如暴雪冰封的奇特顏色。

豆腐塊般的城街，籠罩在濃濃的戰意當中。

決戰的時刻到了。

原住民先發起了攻勢。

不知是誰喊了口號，所有的繁體字把手中的旌旗直直舉過頭頂，齊聲吶喊：「滾出去！滾出去！滾出去！」

口號帶著濃厚的迴響盤旋在皇宮上空，其中蘊藏的憤怒似乎能引爆空氣。

新人類亦不甘示弱。

隊伍中有人發令，所有的簡體字把手中的旌旗斜上四十五度，隨著口號舞動：「去死吧！去死吧！去死吧！」

尖銳的聲響劃開烈夏的大氣，其鋒利似乎能斬斷皇宮頂上的瓦片。

瓦片當然沒有裂開，但是皇宮的正面出現了罅隙。

宮殿大門應聲而開。

兩旁都暫時收斂了蓄發已久的殺氣，冷眼凝視著誰會出來。

一共有三個人。

小提醒

簡體字也是漢字的一種，中國大陸為了更多的人民能識別文字，把漢字簡單化。有的是字形簡化，比如門衛大哥的門就被簡化成「门」；還有的是數量簡化，用一個字代替好幾個字，比如所有的「鬥」都被「斗」代替了。

現在使用繁體字的有中華民國和香港，使用簡體字的是中華人民共和國和新加坡。被刪減的漢字真的很生氣呢！

走在中間的那人中等年紀，身材不高，卻壯碩異常，尤其是兩個肩膀特別寬橫，斜方肌和三角肌縱使被包在絲滑的淡金涼爽長衫中，也顯得尤為矚目，健壯得就像一根結實的扁擔。

那人一張四方國字臉，皮膚黑黝飽經風霜，不知是歲月風霜還是常年的艱苦生活在面上寫下了道道皺紋，如刀鑿斧刻般清晰，濃眉毛大眼睛，四方鼻子闊海口，頷下沒留鬍鬚，卻在唇上留了重重的一道一字鬍。他即便沒有說話也散發出不怒自威的神態，戰鬥雙方都被這股氣勢所震懾，殺氣減弱了許多。

更不要說，那人頭上戴著一頂鑲金皇冠，在驕陽下刺人的雙目，再瞧他的黃色長衫前，圓圈中寫了簡簡單單一條橫。

「他是誰？」高慧只敢用氣聲去問。

門衛大哥微微蹲下，湊近陶雷和高慧的腦袋，輕聲說：「他就是我們漢字國的一國王。」

「為什麼他是國王啊？」高慧很好奇。

「因為他是筆畫最少的漢字嗎？」陶雷有了想法。

「因為他是世界上第一個漢字，是筆畫最少的漢字，也是最簡單的漢字。原本是沒有漢字國的，在很多很多年前，在他和其他幾位開拓者的努力下從最原始的山洞，後來變成部落，再發展成村莊，慢慢過渡到鄉鎮，最後成為現在惑瘋大陸上最大的漢字國。他為漢字國的成立奉獻了所有的心血，你看他的臉，哪裡像在皇宮裡嬌生慣養的皇族，明明就是老農民的模樣，這都是他這些年為漢字國風吹日曬一磚一瓦所造成的。你再看他的身材有多魁梧健壯，那也是每件事親力親為所鍛鍊出來的。」

「那第一批的其他開拓者呢？都去做什麼了？為什麼就讓他當了皇帝？」

「漢字國從無到有那麼多年，並不是一直一帆風順的，我們經歷過洪水、地震、乾旱、饑荒、瘟疫、外族侵略、內部矛盾等等大事件，每次都會有人員傷亡，最初的那一批開拓者裡面能活到現在的也不多了，在皇宮的後院是一個超級大的博物館，每週一、三、五、日對公眾開放，如果有機會你可以去參觀一下，裡面幾乎記錄漢字國發生的所有事情和存在過的每一位國民。一國王是少有的能一直堅挺到現在的，而且一直精力旺盛，為大家盡心服務，他從最開始就是洞主，後來變成我們的族長、村長、國王，我們都很敬重他，如果他發話大家還是會認真聽取的。」

「怪不得雖然看起來像勞動人民卻又有一副王者氣勢。」陶雷嘖嘖讚歎。

「那跟在他後面的兩個是什麼人？能在國王旁邊的應該是很大很大的官了吧，還是……叫……太減的？」高慧開始往後看了。

「你要說的是不是太監？」陶雷猜測。

「唔……我就只是聽說過，有一種在國王旁邊不男不女的人，好像是叫太什麼的，是太減嗎？」高慧只是模糊地有些印象，但是因為第一次聽起來很神奇所以記得住。

「哈哈，你說的就是叫太監，你知道的可真多呢。」

「那是，我是我們班上中文最好的學生了。」高慧說對了，臉上綻放出一朵小花，和現在眼前的氣氛一點都不搭調。

「他們兩個可不是太監喲，他們倆可是漢字國首屈一指的人物，你們仔細看。」門衛大哥一邊說著，一邊示意他們要輕聲。

放眼觀瞧，國王西邊那個人同樣是中等年紀，膀大腰圓，看起來沒有國王那麼結實，但也是異常的敦實，一張圓臉，臥蠶眉，細長眼，直挺挺地鼻樑，獅子口，下巴和唇上都生著濃茂地鬍鬚，元寶耳朵看起來特別有福，整個人憨憨的。穿了一身黑色勁裝，在陽光下宛如一塊黑鐵，胸前的圓圈中寫了實詞兩個字。

國王東邊的那個人不看則已，看一次就斷然難以忘記，倘若在街上偶遇，一定是回頭率百分之百。

那個人是透明的。

他的身材異常高大瘦削，通體透明，透過他的身體，後面的皇宮宮殿一樣能看的清清楚楚，但是又能從他的輪廓看出他的樣貌長相。一張長臉，刷子眉，大眼睛，小鷹鉤鼻子，菱角嘴，沒留鬍鬚，細長的耳朵，一頭長髮垂肩，冷冷地面無表情。腳下像沒有根一般，總讓人感覺他一發力就可以飄飄至空中羽化而登仙……他胸前的圓圈中寫了虛詞兩個字。

即便如此詭異的人，在三個人站在一起的時候，第一個讓人注目的還是一國王，王者所帶來的巨大存在感是任何雕蟲小技都不能取代的。

「國王左邊的就是掌管整個實詞區的左丞相實詞，國王右邊的就是掌管整個虛詞區的右丞相虛詞。」門衛大哥解釋。

「漢字國那麼多人，為什麼他倆能當上丞相？」陶雷問。

「他們倆都有很多特殊本領，比如實詞的手摸到任何漢字國的國民都會變顏色。」

「變成什麼顏色？」

「如果被摸到的不是一個實詞，他的手就會變成透明的。如果是實詞，他的手可能變成紅、黃、藍、綠、黑和白色，不同的顏色代表了摸到的人會是名詞、動詞、形容詞、數詞、量詞和代詞。所以一個實詞的詞性他一下子就知道了。」

「真神奇！要是我能學會這招就好了！在考試的時候摸一下就知道了，而且還是全對！」高慧羨慕死了。

「那虛詞會什麼本領呢？」陶雷對哪個透明人更感興趣。

「他的也差不多，只要他摸到一個人，手也會變顏色，如果被摸到的不是一個虛詞，他的手就會變成彩虹色。如果是虛詞，他的手可能變成紅、黃、藍、綠、黑和白色，不同的顏色代表了摸到的人會是副詞、介詞、連詞、助詞、擬聲詞和歎詞。一個虛詞的詞性他一下子也知道了。」

「天啊，太厲害了，我要是有這樣一對手就是學校最厲害的學生了，哈哈！」高慧憧憬起來。

「他們用自己的絕技幫一國王解決了很多問題，有時間我再給你們講講他倆的故事，不過還是先看看今天要怎麼辨吧。」門衛大哥把高慧的頭扭向廣場中央。

一國王已經走到了廣場的正中央，堅毅的闊面上神情凝重，雖然在驕陽之下，臉上卻宛若結了一層冰霜。

他先看了看西邊的原住民，目光每掃過一個，心頭就顫動一下，不需要胸前的漢字來提示，他只是看著輪廓就能叫出每個人的名字。

繼而，又轉頭看看東邊的新人類，雖然都是新人，但是和西邊的老朋友們長得太像了，即使不認識胸前的字，看樣子也能知道誰是誰，只是少了多年培養出來的親切感，相信假以時日磨合，大家也會熟絡起來吧。

兩番打量過後，一國王往後退了幾步，站到一個兩邊都能看清他側臉的地方，眼神熱烈起來。

「一定要走到這一步嗎？」飽含蒼茫的聲音略帶顫抖，出賣了他激動的內心，聲音不大，卻能傳進全場每一雙耳朵。

這是他露面之後說的第一句話。

今天能出現在廣場上的每個人都準備了足夠的理由來反駁他，但是在一國王悲憤地氣勢下，誰也沒有勇氣站出來說話。

陶雷和高慧就像無形中被什麼東西按住頭一樣，不敢直視前方，只是略低著頭，翻著眼睛看著事態的發展，呼吸也屏住了，生怕驚擾了面前的一切。

有一分鐘的死寂。兩邊的人群中開始有了交頭接耳，竊竊私語，商量著下一步該怎麼出牌。

幾千人同時嘀咕，就像驚起一灘鷗鷺般在廣場上掀起一片嘩然。

「我們經歷的還不夠嗎？」國王看著繁體字方向，說出了今天的第二句話。

全場噤聲。

在左手邊的左丞相實詞向前邁了兩步，越過一國王，清了下喉嚨。

「還記得嗎？」左丞相的嗓音堅實如鐵，重重地捶在每個人的心頭。

「幾千年以前，我們從山洞裡搬到平原上不久，那是一段多麼歡喜的時光啊！我們圈養了自己的牲畜，開發了自己的麥田，不用再去打獵、採摘野果，不會再餓一頓飽一頓；我們蓋起了自己的磚瓦房，雨天不再漏雨，水也不會淹進來；女人們會紡織，不再需要獸皮來保暖。生活開始變得有保障，每晚都能睡的踏實安穩。」左丞相黝黑的臉上掛出了幸福地回味。

繁體字那邊開始有了不少粗重的喘息之聲。

「然後呢？」高慧小聲嘟囔。

實詞接著說：「好景不長啊……」

喘息聲轉而變成了歎息。

「大家為了更多的耕田、牲畜、屋舍開始無休止的爭吵，一次次不歡而散之後，利益薰心發展成了黨同伐異，我們好好地一個漢字民族被分裂成七個大小不一的部落，繼而展開了長達五百年的戰亂。」

「五百年！」新人類們聽得觸目驚心，人群中迸發出驚歎之聲。

那是不堪回首的五百年，五百年化作一個呼吸，一國王的回憶裡就是一次窒息，一經提起，手捂住胸口，彷彿依舊不能順暢。

「五百年裡烽煙四起，白骨遍野，餓殍載道，我寧願回到山洞裡過原始生活。但是無論如何也回不去了，那場曠日持久的世紀大戰最後……」實詞說不下去。

「勝利的是我們。」一國王有氣無力地說出了今天的第三句話。

陶雷看得驚詫極了！第一次看到一個贏家在描述自己輝煌戰績的時候如此悔恨不已。

全身透明的右丞相虛詞飄了過來，接著話茬說：「被我們屠戮（ㄌㄨˋ）的都是曾經一起住在山洞裡的兄弟姐妹，雖然在打仗的時候看著他們一個個特別討厭，但是當他們再也站不起來的時候，心裡又無比痛心。」他的聲音也和人一樣虛無縹緲，籠罩在廣場上空，風一般拂進每一雙耳朵。

小提醒

暗指春秋戰國時期，國家被分為齊楚燕韓趙魏秦七個國家，多年戰亂之後秦統一六國，也統一了文字。

「和五百年前相比，漢字國的國民只剩下原來的七分之一。後來就遭了報應，八年之後，一場天火降臨，燒壞了我們一半的房屋，死傷無數；再過一年，遭遇大地震，所有的建築都倒塌了，傷亡慘重。我們幾經周折，休養生息，過了不知道多少年才恢復了元氣。」這段慘痛的歷史在虛詞的描述下更顯得陰森冷黯。

左丞相繼續描述：「從那以後我們又努力創造了一千年，才建立成現在惑瘋大陸上最大的漢字國！這一千年裡，有人衰老離我們而去，也有新人出現頂上，這才壯大了我們的國家。那樣的悲劇我不想再看到了，大家停手吧。」

又是一陣死寂，兩邊的旌旗不再筆直，有人被這段歷史所感動，都

小提醒

隱喻秦始皇統一六國後第七年焚書，第八年坑儒。

想抽身離開了，但是因為夾在人群之中，又苦無出路。

許久過後，原住民這邊有人站了出來。

「國王陛下和兩位丞相都說的是事實，我也不想有無謂的殺戮，但是他們的存在就是對我們最大的不尊重，我們可以不動手解決問題，請讓他們和平的離開。」

看這人不高不矮，穿短袖T恤，沙灘短褲，戴墨鏡，遮陽帽，一雙輕便的登山鞋，面色深沉，在帽簷和墨鏡的遮擋下看不清楚五官，身後背著個大大的書包，胸前的圓圈裡寫著旅遊兩個字。

「我真的是忍受不了那個冒牌貨！」他右手指向了簡體字陣營裡第二排的一個人，那人打扮穿戴和他一模一樣，只是胸前的圓圈裡寫的是旅游兩個字。

「我就想讓國王您和大家一起評評理，我們是怎麼去旅遊？」說著他環顧全場四周。

「你在數學國的上空飛過算是去數學國旅遊了嗎？」

「不能算，那最多就是經過吧。」後面有人搭腔。

「你在讀心島的周圍游過泳算是去讀心島旅遊了嗎？」

「當然不能算了，你都沒有踏上島嶼一步，怎麼能說去旅遊過了呢？」回答的聲音似乎極其不屑。

「那就是了，一定是要行走在景點的大地上，慢慢遊覽，仔細觀光，那才能算是真正的旅遊。所以旅遊的遊一定要是走之旁！你看看他是什麼樣子？莫名其妙的三點水，我們是去旅遊好不好，又不是去游泳池游泳，為什麼會是三點水旁啊？你見到哪國的遊客來我們漢字國旅遊是在地上游來游去的？我們又不是水城，水城也都是坐船啊，雙腳行走在小船與水上建築之間。」說著，他自己趴在了地上，在廣場中央做起了蛙泳的動作，除了對面的旅游，其他人都笑了。

「很明顯，旅遊的遊應該是走之旁，對於把游泳的游放在這裡，我是想不出任何道理。」走上前的是旅遊的同族兄弟旅行，他沒有相應的簡體字，但是這次全然站在了原住民這一邊。

碩大的壓力砸到了旅游的頭上，他一時成了全場的焦點。

「無知老兒！目光短淺！」旅游的不甘示弱。

「你這輩子也就待在惑瘋大陸了，能去趟數學國都把你美死了。你知道外面的世界有多大嗎？惑瘋大陸在這個世界上只是很小很小的一塊，世界上百分之八十都是海洋，如果我們能走出這裡，去更遙遠地地方旅游，一定是大部分時間在水上活動，可能是船上，更有可能是在水中，而且水下還有無窮的神祕世界等著我們去游覽，旅行以後的新方向必定在廣闊的大海裡，你就等著被時代的潮流所淘汰吧，在未來我比你更適合代表旅游的工作。」

小提醒

在簡體字中所有的遊字都被游字代替了，所以遊玩、遊客、漫遊就都變成了游玩、游客、漫游。

「那都是你的臆斷，毫無根據！憑空猜想！根本沒有說服力！」

兩個人你一句我一句誰也說服不了誰，就僵在了當中。

這時，繁體字陣營又閃出一人，走向廣場中間。

「旅遊兄弟，你先歇會，我想問點事情。」

旅遊看是自己陣營的朋友，也就沒多講，一臉憤懣地走了回去，臨走的時候還狠狠瞪了旅游一眼。

再看剛出來那人，五短身材，車輪般的漢子，肩寬背厚，圓鼓鼓地啤酒肚，一張圓臉，小嘴小眼，眼睛下有明顯地兩個黑眼圈，捲毛頭髮，看著就那麼有力量。衣服已經被汗濕透了，依然能看清胸前寫著運輸兩個字。

「大家好，我是運輸，我從小就沒有讀書的天賦，學什麼都特別慢，對於文化課的東西我真的不是很在行，有件事情我有些搞不懂。」

沒想到他一副威武霸氣的樣子說話卻彬彬有禮，甚至有些唯唯諾諾。

「我是搞運輸的，每天開著我最心愛的大卡車把城外的水果運到城裡，把城內的故事書送到附近的鄉村，把金銀珠寶運到東市，把家具衣服送到西市。我非常喜歡我的工作，手裡握著方向盤，腳下踩著油門，哼著大家都會唱的小曲，什麼煩惱都沒有了。如果遇到坑坑窪窪不好走的路，就當是去了趟遊樂場玩遊戲。休息的時候就靠在我的車輪旁邊吃吃零食、糖果，還有一定要有汽水。」他說話的時候並不十分順暢流利，但是帶出的淳樸真摯讓人很有好感。

「後來就又出現了一個我。他的胸前寫的字和我的讀音一樣，但是寫的很奇怪，他的運上面沒有車，而是有一朵云。這事弄得我好幾個晚上都睡不好覺，我以前從來都不會失眠的，我就一直想不明白，如果沒有了我的卡車，我該怎麼跑運輸呢？如果我真的沒了我的車，我就不再是運輸了，我還是我嗎？假如把我的車拿走了，換成一朵雲，我該怎麼辦？我又不是孫悟空，會用筋斗雲，送貨比誰都快。真是頭疼死了，誰來幫我解釋解釋。」一邊說著，一邊使勁用手撓後腦勺，看起來這事真的是把他糾結的不輕。

「沒有車子一樣可以運輸啊！」運輸口中的另一個我出現了，看起來他們真像是兄弟倆，一樣的憨憨的，不過他的胸前寫的是运输。

「開卡車跑運輸太慢了！去近一點的地方還好，但是送到遠的地方怎麼辦？一次要開好幾天的車啊。」运输攤開雙手，瞪著運輸。

「我可以在車上睡覺啊，在你出現之前我什麼時候都能睡著。」

「不要光想著你自己啦，我也能睡著覺，但是有的人希望馬上收到想要的東西，就不能再開卡車了。要坐飛機！坐飛機是最快的了，坐飛機一小時飛的距離，開卡車可能得要一天！」

「好像是喔，飛機那麼快，以後大家都找他運送貨物，沒人找我了，我該怎麼辦……」運輸眼睛看著腳下，滴溜亂轉，彷彿真的大禍臨頭了一樣。

「所以我的走之旁上是云字，因為現在運輸的過程都在雲裡了。」說完，运输聳聳肩。

「糟糕！他是在天上的，我是在地上的，他比我快那麼多，以後就沒人來找我送貨，我也不用再開我的卡車，我的卡車就會生鏽，變舊，報廢，天啊！太可怕了！」越想越恐怖，運輸的臉上本來曬出了熱汗，現在又涔出了絲絲冷汗。他回頭望著身後的繁體字，希望有人能告訴他這不是真的，但是沒有人說話，所有人眼睛都在期待著他自己解決對手。他又看看运输，也是一臉茫然地看著自己，沒有任何攻擊性，完全不像剛才對方出場的旅游那般咄咄逼人。

場面又一次僵住了，兩個同樣質樸的漢子尷尬的站在中圈不知所措，誰也沒想過去傷害對方，也不知道該怎麼和身後的人交代，都在祈禱有個機會可以讓他們回去，就再也不用說話了，尤其是運輸，他想問的已經問明白了，還要回家思考以後日子怎麼過呢。

「別在他們面前給我們丟臉了，快給我回來！」不知道是誰嗓門全開地喊。

明明是讓人顏面掃地的發號施令，在他們倆個人聽來就像是久旱後的甘露，趕緊扭頭往本隊裡走。

運輸不太敢抬頭，是因為他不敢去迎受繁體字同胞們不滿的眼神，不但沒有給己方佔到便宜，反而氣勢上還被對手壓倒了。自己也知道不好意思，臉上帶著一些羞赧，怯生生從人縫中擠了進去，也不再關心發生了什麼，只是想自己的卡車，自己的運輸工作。

运输也沒好到哪去，轉頭過後，看到的是全場恨鐵不成鋼的眼神。他不知道後面的簡體字同胞們有多著急，明明在講道理上把對方給說傻了，但是之後自己也傻了，這個時候要是能繼續攻擊對手，簡體字就可以在氣勢上給對手沉重的打擊，可是他就這樣的停了！他察覺到隊友們的神色不對，但是也不知道該怎麼辦，只是低頭看著地往前走，偶爾向上偷眼看看大家，這副膽小的模樣更是讓簡體字們不滿，人群分開一條路，在眾人的歎息中，讓他站到了隊尾。

「那個在雲裡面跑運輸的，你給我回來。我剛才是叫我們這邊的運輸回來，沒說叫你也回去。」繁體字這邊有人站了出來。

「怎麼還沒完……」运输剛剛站好，以為自己這篇翻過去了，可以不再被大家鄙夷了，沒想到又被人點名了，不得不硬著頭皮走了回去。

「還……還有什麼要問的？」第二次出場，他更忐忑了，微低著頭，抬眼去瞄過來人。

出來的有兩位，說話這位中等身材，體態微胖，身上的肉看起來軟軟的讓人不禁有過去摸一摸，戳一戳的衝動。穿了一身雪白的衣褲，皮膚比衣服還要白，打著卷的白眉隨風微動，一頭披肩白髮帶著波浪般的自然捲曲，整個人看起來在晨日清風中飄逸盎然。胸前的圓圈裡用銀色的字寫了白雲兩個字。

「你是坐飛機搞運輸的？」

小提醒

本來是沒有运這個字的，為了簡化，用讀音相近的云來代替軍，創造出新的形聲字运，取代了所有的運字。

「你是坐飛機搞運輸的？」出來的另一位又說了一遍問題。

「是啊。」

「飛機在雲上面飛？」

「飛機在雲上面飛？」旁邊那人可能是怕他聽不清，也問了一次。

「沒錯啊。」

「所以你的運在上面是個云？」

「所以你的運在上面是個云？」

「對呀。」

「那你告訴告訴我，為什麼你的云上面沒有雨字頭？」

「那你告訴告訴我，為什麼你的云上面沒有雨字頭？」不管白雲說什麼，旁邊的人都要重複一次。

「啊，對啊，我的云上面沒有雨字頭，這是為什麼啊？」运输自己也才發現，恍然大悟，竟然反問了起來。

白雲冷笑了一下。

「你知道雲是什麼嗎？」

「你知道雲是什麼嗎？」

「不太清楚。」

「是地上的水吸收熱量之後變成水蒸氣，上升到天空中，過多的水蒸氣凝聚在一起就變成了雲。當雲中的水蒸氣積累到一定程度，積累到不能再承受的重量，就會變成雨滴落下來。」

「是地上的水吸收熱量之後變成水蒸氣，上升到天空中，過多的水蒸氣凝聚在一起就變成了雲。當雲中的水蒸氣積累到一定程度，積累到不能再承受的重量，就會變成雨滴落下來。」旁邊的人把這麼長的一段話也重複了一遍，白雲聽得有些不耐煩，嫌棄的瞥了他一眼，他卻並未察覺。

「哦，原來是這麼回事。」

「所以，雲和雨幾乎是一回事，代表天上雲彩的雲怎麼能夠沒有雨字頭呢？」

「所以，雲和雨幾乎是一回事，代表天上雲彩的雲怎麼能夠沒有雨字頭呢？」

「應該要有啊……」运输覺得挺有道理。

「如果沒有雨字頭，那是什麼云？」白雲還在追問。

「如果沒有雨字頭，那是什麼云？」

「不知道。」

「沒有雨字頭的云是說話的意思，和曰是一樣的，古人云、老子云、曾子云等等。」

「沒有雨字頭的云是說話的意思，和曰是一樣的，古人云、老子云、曾子云等等。」

「啊，原來是說話的意思。」

「你看我旁邊的這位就叫做人云亦云。」白雲指了指身邊一直重複自己話的人。

「你看……他旁邊的這位就叫做人云亦云。」

「我是人云亦云。」終於，他沒有再去學舌，說了一句和白雲不一樣的話。

這時候大家才把焦點匯聚在這位一直在鸚鵡學舌的人身上，但見他個子比運輸高一點，一身灰色衣服，體型偏瘦。頭部特別奇怪，他有一個和身材不成比例的小腦袋，或者說一個小學生的頭長到了一個成年人的肩膀上，看起來尤為彆扭。兩隻碩大無比的招風耳，幾乎和頭一樣大了！從遠看去簡直就像迪士尼裡的米老鼠。一張超級大嘴佔了半張臉，鼻子和眼睛都被擠到了臉的上半部分了。耳朵總是機靈的動來動去，彷彿在撲捉遙遠處傳來的訊息，大嘴裡藏著白蛇般的口條，能把聽到的東西一字不落送出來。可見此人擅長聆聽和複述，但是小小的腦袋卻不會進行思考和加工。他的衣服胸前寫的是黑色的人云亦云四個字。

「我說什麼話他就說什麼話。」

「……」他還是想了想。

「他說什麼話我就說什麼話。」絞盡腦汁把句子正過來了。

「沒有雨字頭的云就是說話的意思。」

「沒有雨字頭的云就是說話的意思。」

「哦。」

「光靠說話能把東西送到幫助國嗎？」

「光靠說話能把東西送到幫助國嗎？」

「不能。」

「哎，等一等，如果是傳口訊的話打電話就能送到了。」

「那還用得著你嗎？」

「那還用得著你嗎？」

「用不著。」

「那你說說你上面的云是不是錯的？」

「那你說說你上面的云是不是錯的？」

「好像是……那我是不是要把我的云字也加上雨字頭？」他先低頭看看自己胸前的字，然後回頭看看身後的簡體字們。

「笨蛋！加了雨字頭筆畫比繁體字運輸還要多了，那還算哪門子簡體字？」

「那要不要加？我該怎麼辦？」运输現在雖然沒有雨字頭，卻像是剛被淋了一場雨一般，渾身被汗濕透了。

「有雨字頭了不起啊？囉囉嗦嗦。云就是云，雨就是雨，在你變成雨之前就沒有雨什麼事。還有，我最看不慣的就是你們只要是天上的東西，動不動就要有雨字頭。」

簡體字的這邊走出一人，一揮手招呼运输回去，运输遲疑了一下，抹抹頭上的汗，趕緊走了回去，但還是心驚膽戰，生怕再被點名出列。

小提醒

在簡體字中，表示雲彩、雲朵、雲霞等天氣詞彙的雲，雨字頭都被去掉了。

出隊那人身材頎長，赤著雙腳，一身塑膠做的衣服，裹住他通體亮銅色的胴體。瘦長臉，每一根頭髮都直立在頭上，陽光下他反射出金屬般的光澤。胸前的塑料服上刷著电线兩個字。

「雨字頭不能亂用啊，朋友。我是一根電線，我的工作其實也是運輸的一種，我把電從發電廠送到千家萬戶。讓大家能方便使用電燈電話，但是電線是不能沾水的啊！如果電線泡了水就會短路，不但電器用不了，使用的人可能會有生命危險！你看你們那邊的電線，天天泡在雨裡，還怎麼幹活啊？」衝著對方，他開始責難。

「臭小子，少廢話，招打吧。」話音未落，繁體字陣營中第三排一人揚手朝著电线一指，他的指尖飛出一道亮藍色的閃電，匹練般射向电线。

「啊！」陶雷和高慧驚得尖叫了出來。

再看电线小子卻毫不躲閃，一低頭，用腦袋去迎接那道閃電！

「刺啦」一聲爆響，他的頭上擊出了萬朵電花！他一抬頭，一個藍

色的電圈從他頭上一路向下速降，穿過了整個身軀，滑落至大腿，通過他金銅色的雙腳流向了大地，「嘭」地一聲沒了蹤影。

「就憑你這點本事也想傷我？」电线小子甩甩頭，頭髮經過電殛折出了好幾道生硬地彎，頗有點像七喜小子。

「暗中偷襲，算什麼本事！有本事你出來！」簡體字這邊有人不甘心了。

兩邊同時從隊伍中閃出一人。

又是一模一樣地兩個人。

塑料的透明防電服裡裝著兩個沒有實體的傢伙，不斷閃動的臉上能看出大額頭，長耳朵和一張鳥嘴，不同的是一個胸前寫著閃電，另一個寫著闪电。

「卑鄙小人，看招！」闪电突然一揮手，一道閃電便從手中飛出。

「來來來，敢和正牌比試，膽子不小！」閃電也是同樣的動作，射出閃電。

兩道閃電在空中相遇，迸發出一團白光惹得全場的人都不得不擋住了眼睛。

幾秒鐘過後。

「我怎麼看不見了？」高慧說道。

「我也看不見了。」

「我也是。」陶雷和門衛大哥也有同樣的症狀。

十五秒過後，他們漸漸能看清眼前的事物，廣場上所有人都在揉著眼睛，原來也都被閃電所釋放的能量所晃到。

廣場正中央的地面出現一片黑色的圓圈，還在呲呲地冒著黑煙。

「冒牌貨，還有兩下子，看我這下滅了你！」

「誰滅誰還不一定呢，你該從這個世界上消失了！」

第一次交鋒就打成平手，他倆都提高了警惕，沒有再隨意出手，而是雙手拿籃球狀放置胸前，慢慢地，手中漸漸聚累出一個大號的電球！

兩個人想出的竟然又是同樣的招式！

高慧背過身不敢去看，嚷嚷著：「我們快跑吧，打起來啦！」

門衛大哥卻把她轉了過去，又面向了廣場中央。

閃電和闪电手中的電球都消失了！

兩人正中央站了一個人！

「都給我住手！」一國王伸平雙手，用兩隻手掌分別對這兩個人做出了制止的手勢。

「不要再打了！要麼先殺了我！」一國王義正言辭，不斷地左右搖頭看他們的反應。

左丞相實詞和右丞相虛詞趕緊跑過來，用身體護在一國王的兩邊，衝著各自方向，雙臂交叉擺出了一個象徵著拒絕的叉子。

閃電和闪电被國王散發出來的氣勢所震懾，都垂下了雙手，往後退了幾步，誰都沒有做出繼續攻擊的動作。

「君子動口不動手。」虛詞面帶慍色。

「把手放下，有話好好說！」實詞呵斥道。

「好，就照你說的，動口不動手。」簡體字這邊又出來一人，披散著一頭長髮，看不清面孔，渾身散發出陰冷乖戾之氣，胸前寫著狂风兩個字。

他一甩頭髮，露出一張憤怒地面孔，張開大嘴，「呼」地一聲，吹出一陣狂風。

「哎呀呀。」擋在一國王面前的虛詞迎受不住，被風吹得飄了起來，直接撞在一國王身上，一國王趕忙一把抓住他，自己穩了穩底盤，以免被風吹走。

最慘的還不是右丞相虛詞。

還在廣場上沒歸隊的白雲沒來得及閃躲，就被吹飛了起來，在空中畫了一條美麗的拋物線，砸在人堆裡，由於風勢又急又猛，他的左胳膊和右腿都被吹散了！

旁邊的人趕忙拾起他的胳膊和腿，大家一通拼接，白雲才能站起來。

「黃口小兒，就你會用嘴？」繁體字第四排中一人湊到了前面。

狂风也不多說，深吸一口氣，又是一陣颶風捲來。

質量輕的，尤其是沒有實體的，都趕緊抓住身旁的朋友，防止被刮走。

剛走出來那人通身雪白結實，在大風中紋絲未動，身體前傾，撅起了嘴唇。

「嘭！」一個白色球體從他口中噴出，重重地打在狂风身上，打穿了他的衣服，狂风禁不住搖晃了一下。

接著，更多的白色球體從他口中噴出，機關槍連珠炮一樣掃射向了對面的每個人，被打到的人嗞嗷亂叫。站在中央的左丞相實詞也未能倖免，頭上被打出了一個大包，他卻沒有發出任何聲音。

陶雷仔細看那人的胸前，寫著冰雹兩個字。

眼看簡體字被打的落花流水，繁體字陣營中響起一片叫好之聲。

「讓我來破你的招數。」簡體字中有人站了出來。

每當冰雹吐出一粒冰雹，他就在空中一指，冰雹立刻著起火來，速度馬上減弱，在打到人之前便化作一灘冰水灑在地上。

就這樣來來回回幾次，射出去的冰雹再也沒有打中人，他只好憤憤不平的停了嘴。

廣場地面上濕漉漉一大片，在驕陽地蒸騰下，很快顏色就淺了下去。

再看出列那人，全身通紅，胸前寫著燃烧兩個字。

這一次，簡體字這邊叫好連連。

「打吧。」

如果說剛才大家還有所顧忌，還嘗試著用言語解決問題，現在則完全沒有必要了，雙方已經出手好幾輪了，沒有話好講了，只有武力解決問題。

雙方齊動手。

飛翔的岩石。

燃燒的火球。

堅硬的冰雹。

迅猛的閃電。

呼嘯的狂風。

皇宮前的廣場瞬間化為修羅場。

「壓不住了。」右丞相虛詞對一國王說。

「快走。」左丞相實詞拉住兩人跑向了宮門，才能避免站在戰場中央。

一國王還試圖掙脫他們，想再次回到中間讓大家停手。

左右丞相死死拉住他，才能控制住他，一國王只能在旁邊高聲疾呼住手！但是一個人的聲音在喧鬧的戰場中完全不起作用。

「哎呀！寇馬克！寇馬克！寇馬克！」高慧嚇得尖叫，在緊張的環境下，本能的講出了母語波斯語。

陶雷嚇得心驚肉跳，也不知該如何是好。

門衛大哥本想幫著繁體字一方參戰，但是身邊有這兩個小朋友，就只能先拉著他們往後退，稍稍遠離了險象環生的戰場。

幾番過招之後，雙方都有人受傷。

人們更是失去了理智，進攻一波比一波強烈。

場面已經控制不了了。

高慧捂住了自己的眼睛。

陶雷還能隱約地看到正對面一國王在咆哮。

於事無補。

暗紅色地液體開始出現在兩邊的地上，一陣烈風擴散出溫暖腥膻的味道，是血腥味。

胃部開始痙攣抽搐，嗓子一陣陣往下壓，好想嘔吐出來的感覺。

他們小時候就都聽說過打仗的故事，尤其是陶雷，更是希望自己能參與其中，帶著自己的人馬和敵人兵戎相見，在戰場上浴血奮戰，用手裡的武器把敵人打得落花流水。但是真的戰場和故事裡完全不一樣，再詳細的故事也描述不出人們在殺意充盈時所散發出來的殘忍氣息，再詳盡的故事也敘述不了人們在失去理智後惡魔附體的樣子，再生動的故事也刻畫不出人們在受傷之後難以忍受的痛苦神情。

幸好沒能置身其中的門衛大哥也開始被眼前的景象所顫抖。

三個人默默在心中祈禱著衝突快點結束。

天降甘霖

是祈禱靈驗了嗎？

兩邊的喊殺聲漸漸弱了。

還是耳鳴到聽不見了？

相互扔出來的東西也沒有那麼繁密了。

還是眼花到看不清了？

日頭已近正午，身下的影子被死死粘在腳下，再也不能出去興風作亂。

澈底停手了。

廣場上除了偶爾發出幾聲痛苦地呻吟，帶著戰意地嘶吼澈底消失了。

每雙欲開殺戒的手被一股無形中的力量所按住。

上千雙已帶出血絲的眼睛猶如朝拜神祇般恭敬，投向了高慧和陶雷所站的廣場南面。

那種帶著驚異與崇敬地目光讓他們奇怪而又恐慌。

撲通一聲。

正對著他們的一國王跪下了。

跟著。

左丞相實詞和右丞相虛詞也跪下了。

嘩啦一片。

兩邊不論繁體字還是簡體字都整齊地跪倒。

陶雷和高慧嚇得趕緊環顧四周，到底出現了什麼？

最後一個，身旁的門衛大哥也跪下了。

還能在場上站立的卻不只是陶雷和高慧兩個人。

順著門衛大哥的方向看去，他們的斜後方向不知什麼時候出現四個人。

他們沒有像一國王那樣疾呼，以肉身阻擋，只是那樣靜靜地垂手而立，處身觀眾席般觀賞著眼前的戰局。

卻沒有人能夠忽略他們身上所散發出來的強大能量。

不論是繁體字還是簡體字，在感受到這股氣度之後，眼前的敵人變得微不足道，不由地將全部注意力都投入在他們身上。

本來剛剛點燃的戰火就這樣奇跡般被熄滅了。

陶雷和高慧被夾在事件的焦點中，站也不是跪也不是。

那四人完全沒有理會這兩個外國小朋友，從著裝上看，似乎也不像是本國人。他們步履沉穩，往前又湊了幾步。

「怎麼不打了？」為首的一人沉聲道，雖然是個問句，但是話中能聽出嚴厲的責難。

陶雷和高慧仔細瞧說話這人，竟然有些似曾相識！卻又一時想不起來什麼時候見過。

他們順勢又瞧著廣場上跪下的眾人，沒有一個敢起身，更沒有一個敢回答的。

「怎麼都不吭聲了？」他揚起下巴，又追加了一句。

場上幾千人更是噤若寒蟬，陶雷和高慧都能聽見自己的呼吸。

這時候，唯有一國王起身小跑幾步，來到幾人面前，一躬掃地。

「漢字國一帶領漢字國子民恭迎幾位長老，未能遠迎，請恕罪。」

「起來吧，你和我不用這麼說話。」

「您幾位不是幾天後才來參加漢字國的盛典嗎，怎麼今天就先到了？」

「你們都亂成這個樣子了，我們能不早點過來嗎？」

「實在是慚愧，我沒能治理好漢字國。」

「這也不能怪你，你已經盡力了，事在人為。」

「啊！」為了防止喊出口，高慧和陶雷都捂住了嘴，他倆面面相覷，心意相通。

說話這人竟是和一國王長得一模一樣！同樣的肩寬背闊扁擔形身材，也是一張四方國字臉，濃眉毛大眼睛，四方鼻子闊海口，頜下沒留鬍鬚，在唇上留了重重的一道一字鬍。臉上的皮膚稍微好一些，似乎沒有經歷太多的風霜日曬，所以略顯年輕，但是散發出更加剛毅堅定的氣息。

裹著一身麻布織的衣服，腳踏草鞋，胸前的圓圈中也寫了一個一字。

兩個一？

一對一？

一個身穿皇帝龍袍的一和一個穿著麻衣草履的一在對話。

穿著皇帝龍袍的一表現的恭恭敬敬有如坊間百姓，穿著麻衣草履的一卻氣定神閒彷彿帝王降臨。

他到底是什麼人？能讓所有繁體字和簡體字都如此畢恭畢敬。

他不是一。漢字國沒有重複的字。

一國王稱呼他是長老。

再看看旁邊的三位。

「他是……」

「他是橫！」高慧用氣聲在陶雷耳邊說。

「啊！對啊！你太聰明了！」陶雷恍然大悟。

站在橫旁邊的是一個大高個子，腰桿筆直地像利箭，體態極為瘦削，能看出皮包著硬骨，一頭短髮直直的立在頭上，與腰身平行不二，整個人垂直在腳下的大地之上，與廣場形成了無數個直角，胸前的圓圈中寫了一個丨。

另外兩個也都是身穿草席編織的原始服裝，一個跛著左腳而另一個跛著右腳，走路的時候那隻壞腳都要一直拖著地。他們一個胸前寫著丿，另一個寫著乀。

看到了豎撇捺，高慧才聯想到他們並不是漢字，而是組成漢字的筆畫！

陶雷雖然漢語是母語，但是正因為如此，學習了更多高級的詞彙和語法，才對最本來的筆畫筆順有所生疏。而高慧的母語不是漢語，所以在最開始花了更多的時間去學習拼音和筆畫，在反覆的鞏固練習中，記憶尤為深刻。因而看到四個人，高慧才能更快猜出他們是誰。

「敢問筆畫村裡最近還好嗎？」在這緊張衝突時刻，一國王還不免先寒暄幾句，場下的幾千人也完全沒有不滿之色，跪在地上恭敬地聽著。

「太平很多年了，除了上一次字母國的衝突被波及到之後就一直安穩舒服，也算是過上了好日子。」旁邊的豎低著頭說。

「你們的平安就是漢字國的大幸。」一國王臉上顯出真摯的欣慰。

「剛才左丞相講的那段歷史聽得我是心裡隱隱作痛啊，那五百年的時光不堪回首。」撇甩了甩左腿，手捂住胸口。

「在場的有人見識過，有人沒經歷過，大哥，你就再說說吧！」捺望向了橫。

「好吧。」橫放大了音浪。

「當年的筆畫村真是興旺啊！除了我們老哥幾個，還住著一群個性張揚，古靈精怪的傢伙，那時候的生活沒有現在那麼古板，過得隨性的很，什麼天馬行空，不拘一格的事情都做得出來。我們天天湊在一起，研究怎麼創造出不同的字，來代表世界上不同的東西，也可以把我們每天高興的事，難過的事，值得回憶的事情都記錄下來，剛開始的時候大家都特別拘謹，誰都不好意思講話，我就說了，那就我先來吧，從數字開始，我貢獻我一個橫，就讓它當做一好了，於是你們的一國王就誕生了，所以你們看他長得和我一模一樣，不用多說就知道他出自我的手筆。」一國王很配合的站到橫的旁邊，讓大家看清他們相同的相貌。

「後來大家就放得開了，我出一個橫，他出三個向上的箭頭，一座山就做好了；我出一個橫，二弟出一個豎，淘氣的小兄弟半圓過來做犄角，一頭牛就做好了。最後大家都越做越開心，群策群力，比如我們要好幾個人一起合作才能做出一輛車。隨著技術的提高，我們做出來的漢字越發地形象，也越發地有藝術性。每一個做好的漢字都被送出村子，

讓他們自己在惑瘋大陸上自求生路。在我們眼中你們就是我們的子女一樣。」橫回憶的時候就像是昨天發生的事一樣。

「我們平時不出村子的，偶爾會聽到過路人傳來你們的消息，我們知道你們一起住進了山洞，後來都搬了出來，建立了自己的村莊。雖然消息來得不頻繁，也不固定，但是每次有你們的消息，我們整個村子都要開宴會慶祝一下。」聚會的場景還歷歷在目，橫的眼角一陣抽搐，不知是歡喜還是悲傷。

「終於有一天，竹簡上的黑字帶來了黑色的消息。戰火燃遍了幾乎整塊惑瘋大陸，狼煙四起，生靈塗炭。那是唯一一次聽到你們的消息沒有開宴會，卻開了有史以來最長的一次集體討論會。」橫的神情轉為嚴肅。

「足足有七天七夜。」豎似乎回到了那時的會場。

「七天七夜。」撇和捺又同時重複了一次，聲音綿延至遠方。

在場的每個人都在猜測著七天七夜的長會都說了些什麼，幾千個人的幻想內容是不同的，但是幾千個人的幻想中充斥著同樣的混亂、恐怖。

「剛開始，筆畫村的村民們持兩派意見，一方面主張什麼也不管，雖然是我們創造的漢字，但是把你們送出村子之後，自生自滅，就和我們沒有關係了。你們要去尋找自己的道，也要為自己的行為負責；而另一方面則認為我們創造了你們，就應該對你們負責，我們有必要去制止你們的行為，不能讓戰火繼續下去了。後來又衍生了其他的意見，有的筆畫害怕被戰爭殃及，希望大家能換到安全的地方躲起來；也有筆畫認為他們沒有正確的方式去生活，我們應該出去把他們斬殺乾淨，再重新造一批出來；還有的筆畫覺得這是一次很好的清洗活動，有些漢字在被

小提醒

最初的山：

最初的牛：

最初的車：

創造好之後大家覺得不滿意，有遺憾的地方，剛好借這個機會把不夠好的漢字消滅掉；於是，哪個漢字該被抹掉，哪個該被留下又重新展開爭論。」儘管過了這麼久，會議的具體內容橫還能記得如此之深刻，可見當時爭吵之激烈。

「講道理、擺事實、辨是非、分析邏輯、強調感情、傾訴、爭論、咆哮。會議在無休止的無疾而終中一次又一次站起來再坐下去。」豎眼睛直勾勾的望著對面的皇宮大門，眼中卻是一片空洞。

「我們小小地筆畫村，平日裡生活簡單，一片和睦。可是彼此之間日常總歸會有小小的摩擦，但不至於兄弟鬩牆。這次爭吵就把平日裡的矛盾放大了萬倍！從事情的處理方式不同慢慢升級到了筆畫之間的私人恩怨，大家之間的怨懟之意日益膨脹。」撇的眼中帶著恐懼之色。

「最後，集體討論會以最壞的一種方式結束，沒有議論出大家都同意的結果，原本團結一心的筆畫村分崩離析。一致的是七天之後，所有筆畫都離開了筆畫村，但是每個筆畫都只按照自己的意願去行事。有的去七個部落之間遊說，以求換回和平，也有的加入了其中一方，還有的躲進了深山老林裡。再一次相見，可能是同仇敵愾，也可能是戎兵相見。」捺的臉上帶著無限的惋惜。

「就這樣過了五百年，勝利的是我們。」橫有氣無力地說。

這是陶雷第二次看到一個贏家在描述自己輝煌戰績的時候如此悔恨不已。他已經不再驚詫。

「我最好的朋友，他……他……」橫哽咽了。

「那個可愛的胖子，他叫〇，是他和我們的小精靈點一起創造出了日字，大家分手之後他就找到了日，希望能為大家照亮前路，能看的清楚一些，放下手中的武器。結果……結果在一場戰爭當中，他和日一起

小提醒

最初的日：⊙

跑在最前面呼籲大家住手，他們……他們兩個被對面一支箭一穿二心，雙雙當場斃命……請給我一分鐘。」橫捂住臉，調整著情緒，撇和捺把手放在他的肩上來安慰他。

「從那之後就再也沒有用○造出來的漢字了，為了彌補日的空缺，我和豎、橫折一起重新創造了現在這個棱角分明不太像日的日，而且從那之後所有的○都是由我和豎、橫折一起來替代，車輪都變成方的了。」一國王帶著無限沮喪。

豎在旁邊接著說：「還有他的弟弟半圓，他是在七天七夜的會議中負氣而走的，出了村子就直接去找他和我們哥倆一起做的牛，自然而然當上了那個部落的先鋒官，每次打仗他都騎著他的牛衝在最前面，他做出來的牛角可真是鋒利，那時候也沒有汽車、飛機、大炮，牛跑得快，撞得又狠，被牠的牛角捅死捅傷的漢字不計其數，在二百多年裡牠們都不啻為其他部落最可怕的存在。」

「剛者易折。」

「後來在一次戰役當中，牠們被我們部落引到了小樹林裡，之前布置好了絆牛索，打算把牠們生擒活捉的。誰知道，跑得太快了！牛被絆倒之後一個倒栽蔥，頭朝下尾巴朝上直直插在地上，半圓形的牛角當時就斷成了兩半，牛頭摔開了花，頃刻斃命。半圓小弟被甩出去二十多米，也是頭先著的地，脖子扭斷了，再也不能說話了。」

「我們只是打算勸降的，看著他的屍體，一下子又想起當初在筆畫村一起造字的情景，悲痛不已。後來七個部落統一之後，撇和我各出了一畫，代替半圓造了新的牛，但是現在的牛永遠也沒有那個昂著犄角的蠻牛威風。」一國王一陣唏噓。

「參與戰鬥的並不是所有人都會倒下，躲起來的也不一定安全，我那箭頭哥哥就藏身在漢字國東邊的三峰山裡，想等著事情結束了再出來。狡兔三窟，他在每座山巒都有能居住的洞穴，我們曾經嘗試著去找到他，求他加入，但是搜尋了好幾次都不見其蹤，應該是故意躲著我們吧。久而久之，我們也就把他淡忘了。在最後的一場大決戰中，戰火波

及到了三峰山，那是長達三個月的連續廝殺，整整打滿了一個夏天，天氣乾燥的和今天一樣，星星之火點著了一片樹林，火光順著山上的野草蔓延至整條山脈，大家只顧著打仗，沒有人想到要去滅火，熊熊烈火燃燒了滿滿一個夏天。當戰事結束，遙指蒼天的三峰山被燒得只剩下一個土包，就像是埋葬死人的荒冢，我們在搜山的時候發現了箭頭哥哥的屍體。這就是天命吧，他在山裡好好藏了四百九十九年零九個月，就在最後的三個月沒能跑出去，躲過了人禍，沒能躲過火災，老天不留他。後來我們三個拼出了現在單薄的山，我做出來的山峰一點氣勢都沒有。」豎對自己的作品一點都不滿意。

地上眾人中已經有人受傷了，再聽著五百年前的慘澹歷史，眼前浮現出戰火紛飛的慘烈畫面，心中頗為悸動。

「太多太多了，在最後那場混戰當中。那時的陽光和今天一樣刺眼，氣氛同今日一樣肅殺。但是我們是不一樣的！今天無論如何也要停止這場沒有意義的戰爭！」橫突然吼了出來！

「就非要拼個你死我活嗎？」

「就非要爭出誰對誰錯嗎？」

「不是對的，就一定是錯的嗎？」

「不是錯的，就一定是對的嗎？」

「簡體字和繁體字就不可以同時存在嗎？」

「無論繁體字還是簡體字都是漢字國的兒子！」

此言一出，所有人都不禁倒吸一口涼氣。

良久，沒有人做聲。

原住民和新人類都在沉思橫所說的話。

「我想通了！」有人突然從地上跳了起來，臉上掛著微笑，歡慰不可名狀。

「當頭棒喝！」又有人慢慢從地上爬起來，目視著遠方的敵人，眼神中沒有了仇恨。

「醍醐灌頂！」還有人半蹲著向旁邊的朋友講述自己的心得。

「我們之間到底誰先來的，誰後來的，誰是正宗，誰是冒牌，誰是合理的，誰是奇怪的，並沒有我們想象的那麼重要。重要的是我們擁有一樣的骨架，一樣的名字，一樣的技能；我們喝著一樣的水，吃著一樣的飯，呼吸著一樣的空氣，沐浴一樣的陽光，觀賞一樣的月亮，住在同一屋簷下，走在同一大路上。哪怕是有不一樣的想法，也可以過著不一樣的生活。」

大家紛紛把自己的體會理解傳遞給身邊的人，廣場上站起來的隊伍不斷壯大。

開始有情緒激動的人向著對面走過去，伸出了手臂，打開了胸膛。第一批覺悟者在廣場中心相遇了，不是手心貼住手心，就是手心貼住背心。

良好的開始如黃河決堤般一發不可收拾，越來越多的人走向了廣場中央，親切地和對方握手、擁抱。

轉眼間，所有的人都跑到了中間，原來的位置空留了一地被踩上各

種腳印的白色旗幟，即使是烈陽當空，也分辨不出上面書寫的是什麼。

大鼓和小鑔興奮地直拍手，琵琶喜悅地撥弄著頭髮，鋼琴不斷地咬合著牙齒，快樂的音樂出現在了廣場中央。

繁體字和簡體字，不，漢字們已經分不清楚身邊的是誰，只是隨手拉到最近的人就開始跳舞。

不知道左手挽住的是誰，也不知道右手挽住的是誰，只是一個連一個，包出了無數個同心圓。

烏雲浮在天上，遮住正午的烈毒陽光，還下起了霏霏細雨。

音樂沒有停，歌聲沒有停，大家跟著節奏或順時針或逆時針轉起了圈。

煙花偶爾向天空吐出幾顆花彈。

狂歡開始了。

一國王不敢相信自己的眼睛，戰爭結束了。

衝著橫豎撇捺，一國王再一次一躬掃地：「承蒙大恩，多謝幾位及

時趕到，力挽狂瀾，拯救漢字國於水火之中，否則後果不堪設想啊！」

左丞相實詞和右丞相虛詞也跟著在旁邊深鞠一躬，現在廣場上的歡悅場景，是他們這幾天以來，想都沒有想到的。

橫趕緊把他們扶了起來：「哎，不必多禮，這些也是我們應該做的，你們漢字國再有個三長兩短，我們心裡更不好受，今天能和平解決也了卻了我們一樁心事。」

左丞相實詞說：「這簡直就是天降甘霖！再來晚一會兒可能事情就不會那麼好辦了。」

右丞相虛詞也說：「太及時了，你們不是過幾天才會過來嗎？往常也都是提前一天才到，怎麼今天……就像是專程趕過來的一樣。」

「我們就是特地過來的，今天可能發生的事情其實我們已經預演過一次了。」撇笑著說。

「我們這一路上都在想該怎麼辦呢。」捺舒了一口氣。

「什麼！你們是怎麼知道的？上一次百年之戰是我差人送去的竹

簡，這一次……」

「這次你怕我們又過來參戰是嗎？」豎挑了挑眉毛，略帶挑釁（ㄒㄧㄣˋ）般看著一國王。

「呃……也不全是。」被拆穿之後一國王有一種全身赤裸般的羞愧感。

「哈哈，沒關係，上一次我們自己也沒有處理好，難怪你這麼想。」橫晃著寬實地肩膀，大度的很。

「那到底是……」右丞相虛詞操著半真音半氣聲的空靈語氣代替他的國王追問。

「是他叫我們來的。」四大筆畫整齊地側身，在身後出現一人。

第五個人。

從一開始他們就是五個人的，那人只不過是站在了他們的身後。兩方激戰、他們痛述歷史、慷慨陳詞、直到繁簡兩頭冰釋前嫌，那人就一直在他們身後。

卻從沒有人注意到他！

存在感太薄弱了！

陶雷和高慧離著那麼近也才發覺後面的那人，嚇了一大跳。

那是個漢字國的國民，不高不矮不胖不瘦，頭髮不長不短不直不捲，相貌不好看也不難看，一身同青石地磚同色的衣服褲子，走在大街上，即使是看他十分鐘，下一次見面還是認不出來，平凡的不能再平凡了，普通的不能再普通了。他就這樣安靜的站在這裡，不哭不笑不言不語不吵不鬧，彷彿與廣場溶為一體。胸前的圓圈中寫著智慧兩個字。

當話題說到他，才輕輕一歪頭，走進了說話的圈子。

橫說：「幾天前智慧一個人跑到我們筆畫村，說漢字國出大事了，繁體字和簡體字約定今天早上在皇宮廣場進行最後的對話，希望我們能提早出去幫忙，我們一下就慌了，悲劇可不能重演啊。於是簡短的開了個碰頭會，這次的會尤為的短，七分鐘，達成一致，人多了也不好，就我們四個元老級人物代表筆畫村出去勸和，其他人在村子裡準備，按照原計劃的時間過來。」

豎又補充說：「這一路上緊跟慢趕，又要思考對策，最後在昨天下午趕到了，總歸是化解了矛盾，皆大歡喜。智慧老弟功不可沒！」

「居功至偉！」

「勞苦功高！」

智慧只是微微點點頭，很隨意地笑了一下，就當接受了讚賞。

一國王緊緊抓住他的手說：「哎呀！太感謝你了，還是你想的周全，沒有你的幫助今天我們國家就完了！」

「作為漢字國的一員，我也不想看著我們漢字國慘劇發生，為自己的國家盡一點綿薄之力，理所當然，更是國王您宅心仁厚，以國家百姓為念，大仁大義，才會得道多助，天地佑之。」一上午了，這是智慧第一次開口。

「過獎了，沒有你的運籌帷幄，未雨綢繆，我怎能救國家於水火之中，這等大恩大德沒齒難忘。智慧近前聽封：智慧心存大愛，拯救蒼生，百年來首功一件，特封漢字國大丞相，幫鄙人治理國家。」

實詞和虛詞兩位左右丞相，聽到眼前的智慧被封賞為比他們還要高的大丞相，不但沒有失落與仇視，反而過去扶著智慧的雙肩，為國王能有強人輔佐而欣喜。

可是智慧卻收斂了笑容。

「國王的好意我心領了，但是這個職務我不能接受。」

「怎麼……」

「我過慣了平常人家的百姓生活，不想打破原有的寧靜，如果您真的感謝我，請答應我一件事情。」

「請講，別說是一件了，十件我都答應！」

「說話算數？」

「君子一言，駟馬難追！」

「那全照我說的去做？」

「全聽你的安排。」

「好，我可說了。」

「說吧。」

「那就是從現在開始，再也不要和任何人講我請筆畫村四老來的事。就當做整件事情我完全沒有參與，讓我安靜的離開。」

此話一出，大家都大吃一驚！

尤其是陶雷和高慧，還在猜測他不要當大官，是不是想要金銀財寶，或者是香車豪宅什麼的，居然不但什麼都不要，還要把自己的功績給抹掉，簡直是難以置信。

一國王也沒有想到，以為之前說了那麼多要自己一言為定的話，一定是有很複雜，很難辨的大事，結果恰恰相反，一時間有點搞得摸不著頭腦。

「怎麼，您後悔了？」智慧知道一國王定能遵守諾言，但是還是想再加一把力，一蹴而就。

「沒……沒！」一國王回過神了。他決定不再揣測為什麼智慧那麼做了，像今天化解紛爭這樣自己絞盡腦汁也搞不定的事，智慧能輕鬆應對，說明他的聰明才智遠在自己之上，試圖去猜測一個遠遠比自己聰明的人的想法，是多麼愚蠢的一件事。他如此說，一定有自己的道理。

「好，從現在開始，我都不記得你今天在廣場上出現過。」

「多謝！」智慧深施一禮，又和左右丞相握了握手。

最後又和橫豎撇捺擁抱了一下。

「你真是不可思議！這幾天和你一起共事的經歷我們一定不會忘記的！」筆畫村四老不住稱讚。

「有緣再見。」說完，智慧又隱身般化入青石磚路，轉眼就不見了。

一國王、實詞虛詞還有橫豎撇捺看著舞動的人群，無限感慨。

「要不要加入他們？」

「不要了，我只想回到床上好好睡個大覺，睡他七天七夜。」一國王就像泄了氣的皮球一樣，緊繃了好幾天的神經突然放鬆下來，整個人骨架都要散了，本來挺直的扁擔型肩膀倏地垂了下來，蔫頭耷腦的，王者的氣勢全沒了。

「幾位遠道而來，昨夜也應該沒有休息好吧，請一併到皇宮中吃個便飯，再小憩一下。」右丞相虛詞代替國王邀請幾位筆劃。

「走。」

「我就不和你們客氣了，這幾天也都沒有吃好睡好，進皇宮！」

「走。」橫摟住一國王的肩膀就大步向前邁去。

「等一等！」

眾人循聲觀看，喊住他們的是旁邊兩個外國小孩子，剛才一直在旁邊，但是戰事緊急，沒空細看。

「你好，我們是意外從臺灣和波斯來到這裡的，請問你們知道怎麼可以回波斯或者回臺灣嗎？」陶雷知道如果有國王能幫他們打聽，一定能問到路，所以趕緊抓住這個機會。

「臺灣和波斯？有意思。」

「你們是怎麼來到這裡的？」

「我是前天被一隻有三隻眼睛的鴿子抓過來的，牠抓住我在天空中飛了好久，然後就把我扔到一片麥田上，好像你們管這裡叫做惑瘋大陸？」

「沒錯，這裡就是惑瘋大陸。」

「我是坐飛機出了事故，在空中被什麼東西抓住，扔到這裡的，我沒有看清楚什麼抓的我，他告訴我說是一隻三隻眼睛的鴿子。」高慧補充。

「三隻眼睛的鴿子？那我就明白了。」國王和其他幾位相視一笑。

「你能幫我們回家嗎？那隻鴿子到底是什麼東西？為什麼我們會被帶到這裡啊？」陶雷急著知道這幾天發生的一切到底是怎麼回事。

國王沒有回答，反問：「你剛開始就落在漢字國了嗎？」

「不是，是一個叫做不敗之地的地方，然後又去了幫助國。幫助國的國王和我們說漢字國和臺灣有一種很密切的關係，就讓我們到這裡了。」

「然後就一直待在我們漢字國了？」

「是的。」

「很抱歉，我沒有能力幫助你回到臺灣，但我知道誰可以。」一國王的眼角輕輕上揚。

「誰可以呢？」

「從東城門出發，一直往東走，數學國的國王一定能幫到你。小朋友，祝你們好運！」說完一國王帶著四位筆劃徑直走進皇宮。

「怎麼又要去數學國……」陶雷有些沮喪，幫助國王不是說漢字國就能知道了嘛，還要再跑一趟。

「別灰心，至少我們現在知道該去哪呢，我們出發吧！」高慧安慰道。

「讓我來為你們帶路。」門衛大哥其實一直在旁邊，這是他少有的能和國王、丞相、筆劃近距離接觸的機會。

「那就麻煩你啦！」

大部分的人都在廣場慶祝，還有的人害怕衝突一天都沒敢出門，街上格外的冷清，路邊商鋪家家閉戶，個個關門，路上無聊的很。門衛大哥還在回味筆劃說的話，陶雷和高慧各自開始幻想數學國的樣子，因此走的也快了起來。儘管如此，也走了一個多小時，漢字國實在是太大了。

到了東門門口，陶雷和高慧停下來，他們覺得是說再見的時候了。

門衛大哥卻沒有，兩隻手放在他們倆頭上說：「繼續走，還不到呢。」

一路前行了有二十分鐘，誰都沒有說話。

大家雖然只認識了不到二十四個小時，但卻是回味無窮的一段旅程，門衛大哥用盡所能帶他們領略漢字國的美妙，似乎還沒有盡興，現在就要離別了。

陶雷和高慧嘴裡有很多話想說，卻也不知該講什麼，能說出來的也就只有謝謝了。

來到一座拱橋前，門衛大哥停住，從橋頭的柳樹上折了幾枝柳條，迅速地編出兩個頭環，給他們一人一個戴上。

「謝謝你，大哥哥！」

「謝謝你，很高興能認識你！」

「哈哈，我也很高興能認識你們！祝你們能早點到家。」

「好的！」

「如果還有機會來到漢字國，再來找我，我帶你們去我家玩！讓你看看我的兄弟姐妹們。」

「一定的！」

「我是你們在漢字國最熟的人了是不是？」

「是的，哈哈！」

「我回去了，你們路上小心！一路順風！」

「有緣再見啦！」

門衛大哥轉過頭走向了在橋頭依然能看清的巨大城郭，沒有回頭，但是他知道，陶雷和高慧還在向他揮手。

當門衛大哥的身影小的再也看不見，他們也轉過身，走到了拱橋中央。

遠方是一條分岔路。
陶雷和高慧還不知道，更奇妙的旅程在等著他們的到來。

姓名原型

高慧：Talia Kriegel，中文名高廷慧，是一個聰明伶俐活潑可愛還有一點兒淘氣的猶太小女孩。我見證了她從七歲到十一歲的成長過程，共同經歷了苦樂交加的中文學習。我們在閱讀《小青蛙大黑熊》中歡笑；在學寫議論文時撓頭，在學習草船借箭紙上談兵中抓狂。

很遺憾，因為父母工作調動，她不得不在讀完小學之後離開香港。藉此著書作為小學畢業禮物贈予之，並紀念美好的四年學習時光。

陶蕾：Perlei Toor，中文名陶佩蕾，是一個熱心開朗成熟好學的荷蘭小朋友。作為對外漢語教師，我在這些年裡為不少外國小朋友選取了中文名字，但最難忘的總歸是第一個。我現在還清晰地記得第一次上

課，他們是如何忐忑不安地望著我，聽到自己中文名字後奇怪又喜悅地神情。

那一組學生早已畢業，願他們都能健康成長：陶佩蕾、張漢、木村吏央、白曼莉、潘靜怡還有馬筱倩。

感謝你讀了這本書。

在他們的幫助下，本書才能順利出版：陳佳怡、周妤靜、李書豪。

少年文學28　PG1458

尋找回家的路
——漢字國歷險記

作者／周旭東
責任編輯／陳佳怡
圖文排版／周好靜
封面設計／蔡瑋筠
出版策劃／秀威少年
製作發行／秀威資訊科技股份有限公司
114 臺北市內湖區瑞光路76巷65號1樓
電話：+886-2-2796-3638
傳真：+886-2-2796-1377
服務信箱：service@showwe.com.tw
http://www.showwe.com.tw

郵政劃撥／19563868
戶名：秀威資訊科技股份有限公司
展售門市／國家書店【松江門市】
104 臺北市中山區松江路209號1樓
電話：+886-2-2518-0207
傳真：+886-2-2518-0778

網路訂購／秀威網路書店：http://www.bodbooks.com.tw
國家網路書店：http://www.govbooks.com.tw
法律顧問／毛國樑　律師

總經銷／聯寶國際文化事業有限公司
221新北市汐止區康寧街169巷27號8樓
電話：+886-2-2695-4083
傳真：+886-2-2695-4087

出版日期／2016年4月　BOD一版　**定價**／270元
ISBN／978-986-5731-48-9

秀威少年
SHOWWE YOUNG

國家圖書館出版品預行編目

尋找回家的路 : 漢字國歷險記 / 周旭東著. -- 一
版. -- 臺北市 : 秀威少年, 2016.04
面； 公分
BOD版
ISBN 978-986-5731-48-9(平裝)

859.6 105000419

讀者回函卡

感謝您購買本書，為提升服務品質，請填妥以下資料，將讀者回函卡直接寄回或傳真本公司，收到您的寶貴意見後，我們會收藏記錄及檢討，謝謝！

如您需要了解本公司最新出版書目、購書優惠或企劃活動，歡迎您上網查詢或下載相關資料：http:// www.showwe.com.tw

您購買的書名：______________________________

出生日期：________年________月________日

學歷：□高中（含）以下　□大專　□研究所（含）以上

職業：□製造業　□金融業　□資訊業　□軍警　□傳播業　□自由業

□服務業　□公務員　□教職　□學生　□家管　□其它_____

購書地點：□網路書店　□實體書店　□書展　□郵購　□贈閱　□其他

您從何得知本書的消息？

□網路書店　□實體書店　□網路搜尋　□電子報　□書訊　□雜誌

□傳播媒體　□親友推薦　□網站推薦　□部落格　□其他__________

您對本書的評價：（請填代號　1.非常滿意　2.滿意　3.尚可　4.再改進）

封面設計____　版面編排____　內容____　文／譯筆____　價格____

讀完書後您覺得：

□很有收穫　□有收穫　□收穫不多　□沒收穫

對我們的建議：______________________________

____

____

____

請貼
郵票

11466
台北市內湖區瑞光路 76 巷 65 號 1 樓
秀威資訊科技股份有限公司 收
BOD 數位出版事業部

（請沿線對折寄回，謝謝！）

姓　名：＿＿＿＿＿＿　年齡：＿＿＿＿　性別：□女　□男

郵遞區號：□□□□□

地　址：＿＿＿＿＿＿＿＿＿＿＿＿

聯絡電話：(日)＿＿＿＿＿＿＿＿(夜)＿＿＿＿＿＿＿＿

E-mail：＿＿＿＿＿＿＿＿＿＿＿＿